달러구트
꿈백화점
주문하신 꿈은 매진입니다

歡迎光臨夢境百貨

您所訂購的夢已銷售一空

李美芮（이미예）著
林芳如 譯

Contents

作者序

在昨日與今日之間的神祕縫隙，釀造幸福

李美芮

我們爲什麼會做夢？爲什麼人生的三分之一都在睡覺？實在不像是自己想像得出來的神祕怪誕場景、常常夢到的那個人、從未去過的地方、昨晚夢裡栩栩如生的事件，這些眞的只是潛意識創造出來的幻想嗎？我就像抱著最喜歡的娃娃不放，一直以來對這些肯定也在大家心裡一閃而過的問題感到疑惑。

禁不住好奇心的人類發現的事實數也數不清，但是這宛如隔靴搔癢，人類的好奇心遠遠無法獲得滿足。知道的愈多，好奇心愈重，問題愈複雜，愈希望答案可以簡潔明瞭、一生受用。

睡眠和夢境這兩種領域，對我而言更是如此。藉由愉快的想像，我反覆地塡補想破頭也搞不清楚的昨日與今日之間的神祕縫隙。我一邊感覺到想像和現實之間密不可分的有趣關係，一邊帶著幸福的心情，慢慢寫出這本書。

入睡後才能進入的商店街、吸引入睡者的有趣場所、助人慢慢產生睡意的零食行動餐車、忙著替裸睡的人穿上睡袍的嘮叨大王夜光獸、在僻巷盡頭製作惡夢的邁可森工作坊、在終年下雪的山上工作，鮮少露面的神祕製夢師、製作胎夢的頌兒·可可，以及製作飛天夢的矮精靈工作室等等。

其中有個地方最受入睡者的歡迎，或許有沒去過那裡的人，但是沒有只去一次的人，那正是「達樂古特夢境百貨」，而我寫的便是在這間百貨裡發生的詳盡故事。那裡的每一層樓販售著各種各樣的特別夢境，展示櫃密密麻麻地放了包裝獨樹一格的夢境盒，希望各位讀者會喜歡這個地方。如果這個故事能豐富各位的日常生活，能為各位每日的睡眠和美夢提供一點點的幫助，那我再開心不過。

歡迎光臨夢境百貨

您所訂購的夢
已銷售一空

序篇 三徒弟的老牌商店

因爲濕氣太重，佩妮的頭髮毛毛躁躁的，穿著舒適短袖圓領衫的她正坐在常去的咖啡廳二樓窗邊。「夢境百貨」的人剛才聯絡她，說書面審查已經通過了，要她下週去面試。佩妮從隔壁巷子裡的書店掃回所有關於面試技巧的書和問題集，看到哪一本就讀哪一本。

但是她從剛剛就無法專心閱讀。隔壁桌的客人喝著茶，桌子底下的腳也跟著抖個不停。他腳上穿的珊瑚絨襪不知道有多五彩繽紛，每抖一次腳，佩妮就益發心煩意亂。

這個男子穿著厚厚的居家睡袍，雙眼輕閉啜茶。每次對茶杯吹氣的時候，便有一陣陣的森林氣息飄向佩妮。他喝的想必是有助於消除疲勞的特調薄荷茶。

「嗯，非常好喝的茶……暖……續杯……多少錢……？」

男子嘟囔了幾句，聽起來像是夢話。一邊舔嘴唇，一邊又開始抖腳。為了不要看到他的珊瑚絨襪，佩妮將椅子轉了個方向。

除了那位男客人之外，店裡還有不少身穿睡衣的客人。有個女子坐在通往一樓的階梯旁，正在搔著後頸，身上穿的是租來的睡袍。似乎是因為太悶了，時不時全身扭動掙扎。

佩妮居住的這座城市，從很久很久以前起，就開始販售和睡眠相關的商品，蓬勃發展至今，已經成長為人們蜂擁而至的大城市。市民早已習慣和穿著睡衣的客人共處，在這裡出生長大的佩妮也是如此。

佩妮喝了一口冷掉的咖啡，感覺到苦澀的咖啡沿著喉嚨滑落，吵雜的周圍噪音安靜下來，冰冷的空氣包覆著她。加錢請店家多放兩匙「鎮定糖漿」果然是明智的選擇。她將放在桌上的試卷拉近自己，再次閱讀剛才苦思正確答案的問題。

問：以下何者為一九九九年《年度最佳夢境》頒獎典禮評審一致同意頒發的獲獎夢境與製作人？

一、踢克．休眠——橫越太平洋的虎鯨之夢

二、亞賈寐．奧特拉——一週父母體驗之夢
三、娃娃．眠蒂——漫遊宇宙，凝視地球之夢
四、道濟——與歷史人物喝下午茶之夢
五、頌兒．可可——不孕夫婦的三胞胎胎夢

佩妮輕咬原子筆筆蓋，發出咯吱咯吱聲，陷入了煩惱。一九九九年的話，是滿久以前的年份了，像踢克．休眠和娃娃．眠蒂這麼年輕的製夢師應該不是正確答案。佩妮用原子筆將這兩個選項劃掉。那亞賈寐．奧特拉創作的「一週父母體驗之夢」呢？如果佩妮沒記錯的話，那是相對近代的作品。亞賈寐．奧特拉的夢境在上市之前就做了鋪天蓋地的廣告。「別再跟不聽話的子女白費口舌了！讓他們在夢裡當一個禮拜的父母看看吧！」廣告模特兒大聲疾呼的樣子還歷歷在目。

佩妮想來想去，最後在剩下的兩個選項之中選擇了「五、頌兒．可可——『不孕夫婦的三胞胎胎夢』」作爲正確答案。然後又伸手想再喝一口咖啡。

就在這個時候，一隻毛茸茸的動物前腳擱在了試卷上面。佩妮大吃一驚，手背差點打翻咖啡杯。

「不對啦，這題的答案是一。」

這隻巨腳的主人連聲問候也沒有，繼續說了下去。

「一九九九年是踢克．休眠出道的那一年，也是他一出道就拿到大獎、具有里程碑意義的一年。當時我足足存了六個月的錢才買到他的夢。那是我生平第一次做那麼生動的夢。魚鰭破浪的觸感，甚至是波光粼粼的海底風景都能感受到。當我從夢裡醒來，發現自己其實不是鯨魚，那瞬間不曉得有多鬱悶！佩妮，踢克．休眠是天才啊。妳知道他那時候幾歲嗎？才十三歲！」

那隻前腳的主人彷彿當是自己的事一樣，驕傲地說著。

「阿薩姆，原來是你啊。我還以爲是誰呢。」

佩妮伸手將咖啡杯移到遠處。

「是說，你怎麼知道我在這裡？」

「我剛才看到妳從書店買走一堆書，就知道妳會在這裡看書。因爲妳從來不在家裡念書呀。」

阿薩姆翻了翻佩妮堆在桌上的書。

「妳在準備面試？」

「這個你又是怎麼知道的啊？我也是今天早上才收到通知的耶。」

「在這條巷弄發生的事，沒有我們夜光獸不知道的啊。」

阿薩姆是在這條巷弄工作的夜光獸之一。夜光獸總是揹著一百多件睡袍追在客人後面，替他們穿上衣服，以免這些入睡的客人光溜溜地到處走動。夜光獸的前腳跟身體比起來相對地大，巨大的腳爪很適合掛多件衣服。而且牠們面相溫和，是做這份工作的不二人選。雖然很諷刺的是，牠們天生毛茸茸的，根本不用穿衣服。但佩妮還是覺得比起從穿戴整齊的人類手中拿到睡袍，一絲不掛的客人從一樣赤裸著身體的毛茸茸動物那裡收到睡袍會更自在吧。

「我可以坐一下嗎？我今天走了好多路，腳都快疼死了。」

佩妮還沒來得及回答，阿薩姆就坐到了對面的椅子上，濃密的尾巴穿過鏤空的椅背晃啊晃。

「題目太難了。」

佩妮又確認了一遍答錯的題目。

「阿薩姆，你到底幾歲啊？怎麼這些事你都知道？」

「問夜光獸幾歲是很沒禮貌的事喔。」

阿薩姆裝腔作勢地回答。

「以前我爲了在店裡工作，也念過不少書。但是我覺得現在的工作更適合我，所以就放棄了。」

阿薩姆邊說邊撫摸繞在肩膀上的睡袍。

「總之，冒失鬼佩妮竟然要去『達樂古特夢境百貨』面試！眞是活久了，什麼事都能碰到。」

「應該是我上輩子修來的福氣，現在總算降臨了。」

佩妮眞的覺得能通過書面審查是個奇蹟。

「達樂古特夢境百貨」是大受年輕人歡迎的工作地點。除了具備高年薪、各種獎勵制度，以及一棟說是城市地標也不爲過的華麗老式建築，還有在紀念日免費提供高價夢境給員工的貼心福利。在那裡工作的優點多到數不清。但是，什麼也比不上能和達樂古特先生共事的榮幸。

這裡的人都聽說過達樂古特先生的血統和他的遠古祖先，他們家族也是這座城市的起源。光是想像和他一起工作的畫面，佩妮便興奮不已，身體飄飄然的。

「拜託一定要面試成功。」

佩妮雙手緊握。

「不過，妳就靠這些書準備面試？」

阿薩姆拿起佩妮正在做答的試卷，左看右看，又放回了桌上。

「能背的要先背下來。說不定會被問到五大傳奇製夢師是誰、最近十年裡最暢銷的夢境是哪個，或者是每個時段上門的客人類型。聽說我應徵的時段有很多來自西澳洲和亞洲的客人。我還研究了時差或國際換日線。你知道客人爲什麼整天二十四小時不間斷地拜訪我們的城市嗎？要不要說給你聽聽呀？」

佩妮充滿幹勁，正想立刻展開長篇大論。但是阿薩姆搖搖頭，極力推辭。

「達樂古特不會問那麼無聊的問題。那種事連路過的國中生都知道。」

佩妮隨即悶悶不樂起來，阿薩姆伸出前腳拍拍她的肩膀。

「佩妮，妳放心。我到處來往，聽過很多關於他的事。妳別看我這樣，我在這條巷弄工作了數十年，交遊廣泛。」

趁佩妮再次追問年紀之前，阿薩姆趕緊接著說下去。

「聽說達樂古特喜歡聊關於夢境，沒有特定答案的問題。雖然我也不是很清楚，但是他應該不會問答案很明確的問題。所以啊，我其實是來給妳這個的。」

阿薩姆把繞在肩膀上的所有租用睡袍都放到地上，開始找某個東西。扒開堆積如山的睡袍之後，有個小包袱跑了出來。阿薩姆解開後，又出現了一堆珊瑚絨襪。

「不是這個，這是我隨身攜帶要讓手腳冰冷的客人穿的襪子……對了，對了，就在這裡！」

阿薩姆從包袱中掏出一個手掌大小的冊子。淡綠色的精裝封面上，寫著用高級金箔裝飾的書名。

《時間之神與三個徒弟》

「好久沒看到這本書了！」

佩妮一眼認出那本書。不僅是佩妮，只要是在這裡長大的人都能認出來。這本書相當有名，是城市裡推薦必讀的兒童圖書。

「或許達樂古特會問跟這個故事有關的問題，像是妳對這本書的心得或想法。如果妳小時候只看過一遍的話，那就再仔細讀一遍吧。這對達樂古特來說是最重要的故事，不是嗎？」

阿薩姆把椅子拉近佩妮，臉湊了過來。

「我跟妳說一個祕密，聽說達樂古特送了這本書給所有在夢境百貨工作的員工。」

「這是眞的嗎？」佩妮立刻收下阿薩姆給的書。

「當然是眞的！既然他都送員工這本書的話，那該有多重視……哎呀！我該去工作了。」

原本看著佩妮的阿薩姆視線飄向了背後的陽臺窗外。

「我剛才好像看到一個只穿內褲的人在遊蕩。」阿薩姆擠了擠栗子色的鼻子。

「那佩妮妳面試加油，記得跟我分享心得。」

阿薩姆從位子上起身的時候，仍然緊盯著窗外，無法轉移視線。

「不過，幸好那個人今天至少穿了內褲。」

他嘟嚷了一句。

「謝啦，阿薩姆。」

阿薩姆的尾巴左右晃圈，彷彿在說「不客氣」，一下子消失於樓下。

佩妮撫摸著阿薩姆留下來的書。

她心想阿薩姆說得有道理，自己怎麼就沒想到要讀這本書呢？這本書寫到了這片廣闊商圈的開始、這座城市的誕生，以及達樂古特和夢境百貨的起源。如果達樂古特是一位重視歷史的人，那答案很可能就藏在這本書裡。

佩妮毫不留戀地把錯誤連連的試卷收起來，放到包包裡，然後喝光剩下的咖啡。她挺直腰背，翻開阿薩姆給的書。

時間之神與三個徒弟

很久很久以前，有一位掌管人類時間的時間之神。有一天，他一如往常悠閒地享用午餐，卻突然意識到自己時日不多了。時間之神叫來自己的三個徒弟，告訴他們這件事。

精神奕奕、成熟幹練的大徒弟詢問師父以後該怎麼辦才好。脆弱的二徒弟想起和師父度過的往日回憶，默默掉淚。最後的三徒弟不發一語，等著師父發話。

「老三啊，我想問問謹慎又深謀遠慮的你。如果將時間分成三塊來掌管的話，在過去、現在和未來之中，你會想擁有哪一塊？」

時間之神提問後，老三思考了一會，回答先等老大和老二挑完之後，自己再拿剩下的那一塊。

一旁老練的老大深怕錯失機會，說自己想要未來。接著補了一句：「爲了掌管未來，請您別讓我和過去產生交集。」

他向來認爲不要留戀過去，趕緊把握未來是最好的。於是，時間之神將未來交給了老大，同時賦予他可以輕鬆忘掉過去的能力。

老二緊接著小心翼翼地說自己想要過去。他認爲如果能和過去的回憶相伴，那就能永遠幸福，再也不會感到遺憾和空虛。於是，時間之神將過去交給了老二，同時賦予他無論是什麼都能長久回憶的能力。

時間之神手握比過去和未來還要小得多的、尖尖的「現在碎塊」，向老三詢問：

「你能掌管好轉瞬即逝的現在嗎？」

老三隨即回答：

「不，請您公平地將現在分給我們三人。」

時間之神很是訝異。

「在我教導你的這段日子以來，難道就沒有哪段時間讓你感到特別嗎？」

師父語帶失望地詢問，老三這才勉爲其難地開口：

「我喜歡的是眾人入睡的那段時間。因爲人們睡著的時候，既不會留戀過去，也不會不安於未來。但是追憶幸福過往的人沒必要想起入睡的時光，對宏偉未來懷有夢想的人也不會苦苦盼望睡覺時間的到來，更何況正在睡覺的人意識不到自己陷入了沉睡，能力不足的我又豈能出面說要掌管這段棘手的時間？」

聽完這番話的大徒弟暗自嘲笑他，二徒弟則是有點吃驚。因爲他們都覺得入睡這段時間是沒用的時間。但是，時間之神欣然同意，要把入睡的時間交給三徒弟。

「我可以把你們掌管的時間當中的入睡時間和要睡覺的時間打碎，交給老三嗎？」

神才開口詢問，老大和老二就毫不猶豫地回答：

「當然可以。」

過了片刻，三名徒弟拿著各自的時間離去。

剛開始，拿到未來和過去的老大和老二很滿意神賦予的能力。

專注於未來的大徒弟和他的追隨者忘掉所有至今爲止發生過的無聊事，興奮地籌謀未來，打算離開故鄉，前往更廣闊的地方扎根。

重視過去的老二和他的追隨者一樣高興極了，對於能夠永遠記得彼此的年輕美貌和溫暖事蹟，心懷感恩。

然而，沒過多久就出現了問題。

老大滿腦子只有未來，不曉得有多少過往記憶被人遺忘。他們生活的地方開始蒙上一層層的霧氣，在濃霧中認不出親朋好友。失去和心愛之人共創的回憶，變成了伸手不見五指的人，連自己到底是爲了什麼而憧憬未來都不記得了，更何況是要看見未來。

二徒弟那邊的情況也沒好到哪裡去。

他們被困在美好的回憶裡，歲月的流逝、註定的離別，還有彼此的死亡，他們都無法接受。心靈脆弱的他們淚流不止，淚水流入地底形成了巨大的洞窟，內心柔弱的他們躲進洞窟裡。

看著這一切發生的時間之神靜靜等待眾人入睡，偷偷潛入他們背向月光的臥室。時間之神從懷裡取出鋒利的「現在碎片」，牢牢握住，切下籠罩在入睡的人們枕邊的影子。

然後一手拿著被切下來的影子，一手拿著空瓶子，來到漆黑的外頭。

神先是在空瓶子裡裝滿大徒弟和其追隨者拋棄的如煙霧般灰濛濛的記憶，接著拾起二徒弟和其追隨者流下的淚水，放入懷裡。

最後，神偷偷拜訪了三徒弟。

「師父，您三更半夜來找我有什麼事嗎？」

時間之神默默將帶來的東西一個一個放在三徒弟的桌上。入睡的影子、裝有被遺忘的記憶的瓶子，還有圓滴狀的眼淚。

隱約猜到師父意思的老三問：

「我要怎麼做才能用這些來幫助他們？」

神沒有回答，而是用手指將酣睡低垂的影子夾入裝了回憶的瓶子。影子在瓶中不知所措，掙扎著想睜開眼睛，於是神往瓶子滴了滴眼淚。

結果發生了神奇的事。眼淚凝聚成影子的眼睛，影子瞬間睜開眼睛，在瓶中的記憶之間動起來。

時間之神一邊把裝有影子和記憶的瓶子交給老三，一邊說：

「人們入睡的時候，就讓他們的影子代爲醒著吧。」

即便是聰慧的老三也沒聽懂師父的話。

「您的意思是要讓人們睡覺的時候也能思考和感受嗎？爲什麼這樣做就能幫到他們？」

「影子徹夜代爲經歷的所有記憶，會讓像老二那樣内心柔弱的人變得堅強，幫助像老大那樣輕率的人在隔天早上想起不該遺忘的事物。」

說完話的時間之神這才感覺到自己的時間快到了。

看著逐漸淡去的師父身影，老三急忙大喊：

「師父，請您再指點我一回。我應該怎麼教導眾人，讓他們明白？我連這個叫什麼都不知道呀。」

時間之神微笑答覆：

「他們不需要明白，不清楚反而更好。他們會自己接納的。」

「您至少替這個東西取個名字吧。應該稱之爲奇蹟嗎？還是幻象？」老三渴求師父指點迷津。

「就叫它『夢』吧。從此，你要讓他們天天晚上做夢。」

時間之神最後消失得一點痕跡也不留。

闔上書本的佩妮心情微妙，總覺得故事內容和第一次讀完的時候一樣陌生荒誕，彷彿這是一則童話。但是不相信這個世界眞實存在的話，又有太多的事說不通。如同我們從不存在到出生於這個世界，最後接受上一秒還存在著，下一秒就死去的人生起伏，住在這座城市的所有人也自然而然地接受了這個故事。事實上，每天晚上做夢的我們、三徒弟許久以前創立的「夢境百貨」，還有承襲商店的後代子孫與現在的達樂古特，這所有的一切都是活生生的證據。

佩妮再一次覺得達樂古特就像不可冒犯的神話人物。一想到幾天後自己要去面試，會和達樂古特單獨談話，佩妮既期待又緊張，感到肚子發涼，身體微微發抖。今天該回家了。

揹著一堆書回到家裡的她，入睡之前仍捧著阿薩姆給的書。在面試之前的這幾天裡讀了一遍又一遍，直到背下整個故事爲止。

不知不覺到了和達樂古特約好的面試日。佩妮提早抵達十字路口上的夢境百貨，在一樓大廳左顧右盼，尋找達樂古特的辦公室。

穿著領口鬆掉的短袖圓領衫和垮垮的短褲當睡衣的人、穿著夜光獸給的租賃用睡袍的人，來回穿梭於大廳的商品陳列區，挑選夢境商品。

「是踢克・休眠的新作品啊……『成爲加拉巴哥象龜之夢』……我看看，挑剔的評論家給的評分是四點九分！什麼『龜殼內外的深淵奇觀』！這種短短一句的評論眞是一點幫助也沒有。」

穿著綴滿星星圖案睡褲的客人站在「暢銷新作區」前面，拿著夢境盒深思。佩妮必須趕快在十分鐘之內抵達位於一樓某處的達樂古特辦公室，卻怎麼看也沒看到像是老闆辦公室的高級空間。本想問問看店員，但是負責大廳前檯的中年女員工一直在跟某人講電話。圍著亞麻圍裙的其他員工也忙得不可開交，對佩妮這邊是看也不看一眼。

「媽！我好像搞砸了！都是一些莫名其妙的提問。虧我來之前仔細分析了最近五年來的夢境趨勢和業界現況，結果根本沒問到那些！」

就在這個時候，有個語氣激昂講電話的女子從佩妮旁邊擦身而過。她一定是剛面試完出來的應徵者。佩妮拚命張大嘴巴，用嘴型詢問女子。

「辦、公、室、在、哪、裡？」

女子冷冷地指了指上面後，一溜煙地消失於人群之中。

女子指的那個方向有通往二樓的木梯。仔細一看，階梯右邊半開半掩的木門上貼了一張搖搖欲墜的紙，上面寫著「面試地點」。或許是因爲掉漆的木門和隨便手寫貼上的紙，那扇木門看起來就像古老學校的教室門。

站在門前的佩妮爲了掩飾緊張，調整呼吸，在不確定這裡是不是達樂古特辦公室的狀態下，禮貌性地敲敲早已敞開的門。

「哦，快請進。」

辦公室裡傳來鏗鏘有力的聲音，聽起來很熟悉，那是偶爾會在電視採訪或電臺聽到的聲音。裡頭的那個人一定是達樂古特。

「打擾了。」

辦公室內部比在外面看起來的還要狹小。達樂古特正在長桌後頭和老舊的印表機搏鬥。

「請進。抱歉，讓妳久等了。每次只要我想印個東西，印表機就會卡紙。」

達樂古特穿著整潔的襯衫，身形看起來比電視或雜誌上還要高瘦，亂得很自然的微捲短髮半黑半白。

達樂古特好不容易印出來的紙，看起來是佩妮的履歷表。雖然整張紙皺巴巴的，末端甚至還被撕破留在印表機裡面，但是達樂古特仍然露出滿意的表情。

「總算解決了。」

佩妮一走進來，他就伸出瘦骨嶙峋，布滿皺紋的手。緊張萬分的佩妮匆匆用衣服抹掉手汗和他握手。

「達樂古特先生，您好。我叫做佩妮。」

「幸會，佩妮小姐。我很期待早點見到妳呢。」

儘管身處如倉庫般簡陋的辦公室，達樂古特看起來依舊風度翩翩。近距離看到的棕黑色眼珠與年齡不符，宛如少年的眼眸那般閃閃發亮。佩妮感到自己的目光過於直接，因此趕緊轉移視線。

辦公室裡滿滿的都是盒子，好像都是夢境盒。有些盒子似乎放在這很久了，因爲受潮的緣故，紙盒看起來軟趴趴的。有些似乎才剛製作出來沒多久，包裝紙還散發著光澤。

彷彿要讓佩妮的目光重新回到自己身上，達樂古特發出聲音，拉了一把鐵椅過來坐下。

「妳坐那裡吧。」

達樂古特指向佩妮附近的椅子。

「放輕鬆。還有這個是……我很愛吃的餅乾，妳也吃一塊吧。」

達樂古特遞出含有堅果碎片，看起來很美味的餅乾。

「謝謝。」

咬了一口餅乾後，她的肩膀鬆垮下來，如釋重負，四周的空氣涼爽宜人。奇怪的是，原本陌生的辦公室現在感覺起來就像非常熟悉的空間。雖然現在的心情和在常光顧的咖啡廳喝加了「鎮定糖漿」的咖啡很類似，但是這塊餅乾的效果更好。達樂古特給的餅乾肯定有什麼特殊力量。

「妳的名字我記得很清楚。」

達樂古特開口。

「我對妳的履歷表印象深刻。尤其是『再美好的夢也只是夢』這句是最大的亮點。」

「嗯？啊，那、那個……」

佩妮現在才想起來當初爲了讓沒什麼特殊經歷的履歷表顯眼一點，加了些能勾起達樂古特興趣的句子。佩妮困惑地想著，難道他是因爲想看看膽大妄爲地繳交這種履歷的毛頭小孩長怎樣，才叫她來面試的嗎？沒什麼可看之處的書面文件通過審查的時候，她就應該察覺到異樣的。

佩妮快速看了一下達樂古特的神色，幸好他沒有擺出「瞧妳這丫頭」的表情，而是眞的饒有興致地盯著她。

「聽到您這麼說，我很高興。」

佩妮一邊看他的眼色，一邊小心翼翼地回答。

「那我們進入正題吧？」

達樂古特抬頭凝視左邊的天花板，彷彿在思考要問什麼。佩妮吞了吞口水。

「妳對夢境有什麼看法？我想聽聽看妳的個人意見。」

達樂古特丟出回答起來有點棘手的問題。

佩妮深呼吸，試圖想起面試準備手冊上寫的標準答案。

「我覺得……所謂的夢是可以體驗到現實生活中體驗不到的事物……是不可能實現的事情的替代品……」

繼續答話的佩妮捕捉到達樂古特臉上浮現的失望神情，腦海中忽然閃過一個念頭：說不定前面的應徵者也和她回答了一樣的話。

「跟寫這份履歷表的人好像不是同一個人啊。」

達樂古特摸摸文件，也不看佩妮。

佩妮的直覺告訴她剛才的回答會讓她蒙上被淘汰的陰影。不管怎樣，她都要改變氣氛才行。

「不過，就算體驗到現實生活中無法體驗的事情，夢境也絕對不會成眞！」

佩妮也不知道自己在說什麼，只是覺得回答內容一定要和別人不一樣。因爲她強烈地感覺到達樂古特想聽到這些話。而且，如果能通過書面審查是因爲達樂古特剛才提過的「夢也只是夢」這句冒失的話，那她得保持一致的觀點。

「我覺得即便是再美好的夢，一旦醒來，也只不過是黃粱一夢。」

「爲什麼？」達樂古特的表情十分認眞。

佩妮情急之下隨口說出來的話，怎麼可能會有像樣的理由？明知這麼做很失禮，但是為了借助餅乾的力量，她還是將餅乾送入嘴巴，快速咀嚼吞下。

「我之所以這麼說，沒什麼特別的涵義。只是我聽說大部分的客人做完夢之後都會忘光光，所以我才會說做夢就是做夢，醒來也只不過是黃粱一夢。但是正因如此，做夢才不會對現實生活造成妨礙。我覺得不會太過頭這一點很好。」

佩妮口乾舌燥。她認為沉默太久不是好事，所以才只好隨口回答，但也不難察覺到這個回答打亂了面試的節奏。

「原來如此，妳對夢境的想法就這些嗎？」

達樂古特不冷不熱地問。

事已至此，佩妮下定決心要把準備好的話都說出來。離開這間辦公室之後，這樣的機會就不會再降臨了。

「其實，來面試之前，我讀了好幾遍《時間之神與三個徒弟》。故事裡的三徒弟說要掌管『入睡的時間』，也就是其他徒弟都默不關心的那個時段。」

看到達樂古特的表情，佩妮就知道聽阿薩姆的建議，讀完《時間之神與三個徒弟》再來面試果然是明智的選擇。他又用剛剛那種饒富興致的眼神看向佩妮了。

「我不是很明白三徒弟的選擇。大徒弟掌管的未來有無窮的可能性，什麼事都可能發生。而二徒弟掌管的過去是從以前到現在所累積的寶貴經驗。冀望未來，以古為鑑，這兩者對於活出現在來說都太重要了。」達樂古特微微點頭，佩妮沒有停下來繼續說。

「但是入睡的時間呢？入睡的這段時間什麼事也不會發生呀。只是躺著消磨時光而已。說好聽點是休息，但是應該也有人覺得睡覺是在浪費人生，因為人的一生當中有好幾十年都是躺著的！可是，時間之神將『入睡的時間』交給了最疼愛的三徒弟。甚至還要他讓大家睡覺的時候做夢，這是為什麼呢？」

佩妮假裝提出問題，賣個關子，爭取一點思考的時間。

「每當我思考關於夢的事，我就會想到這個問題：『人為什麼會睡覺做夢？』那正是因為人無完人，大家犯的錯都不一樣。無論是跟大徒弟一樣著眼於未來的人，還是跟二徒弟一樣只對過去戀戀不忘的人，任何人都很容易錯過真正重要的事物。所以時間之神才會把入睡的時間交給三徒弟，讓他幫助這些人。有時候不是睡一覺起來，昨天的煩惱就像融雪般消失，而有了度過今天的力量嗎？就是那個。無論是一夜無夢熟睡到天亮，還是夢到這間百貨販售的美夢，每一次的入睡都能讓我們整理昨日，為明日做準備。這麼想來，入睡的時間也不算是沒用的時間。」

佩妮有模有樣地回答，美化在書裡看到的內容。她今天說話格外滔滔不絕，連自己都佩服起自己。大人說平日裡要多看書果然是對的。產生自信心的佩妮想成為讓達樂古特印象深刻的求職者，這時又補上了一句：

「我認為……睡覺，還有做夢……在不斷往前奔跑的人生當中，是神煞費苦心為我們畫下的逗號！」

佩妮心滿意足地說完，達樂古特則是露出難以捉摸的表情。佩妮覺得剛才的一番話很是虛偽，於是嘴巴緊閉，心想應該在氣氛剛剛好的時候就此打住。

辦公室一片寂靜。隔著一扇門的外頭仍然門庭若市，達樂古特的辦公室卻像相隔遙遠的空間般沉靜。佩妮突然覺得口乾舌燥。

達樂古特在佩妮的履歷表上隨手寫了什麼。

「佩妮小姐，謝謝妳的回答。看得出來妳深思過關於夢的事情。」他的雙手離開履歷表，在臉前雙手合十，直視佩妮雙眼。

「那我最後想再問妳一個問題。如妳所知，除了我們這間『夢境百貨』之外，這條街上還有很多其他的夢境商店。說說看，妳想來我們店裡工作，而不是去別的地方，是基於何種特殊理由？」

佩妮本來想回答高薪的部分令人很滿意，但是想到初次見面就這麼說的話太直接了，因此作罷。佩妮斟酌用詞，慢慢回答。

「販賣刺激性夢境的商店如雨後春筍般不斷增加。達樂古特先生您也在《做夢不如解夢》日報的採訪中說過，有些夢境商店會刻意讓睡眠充足的人睡得更久，好讓他們沉溺於追求快樂，繼續到店裡買夢境。但您強調應該要讓客人做他們真正需要的夢就好，最重要的永遠都是現實生活。這也是時間之神對三徒弟的期望吧，希望他能掌管得當，不讓夢境影響現實。所以，我才會來這裡應徵工作。」

達樂古特這才開懷大笑。佩妮覺得他笑起來的時候，像是又年輕了十歲。他的棕黑色眼眸緩緩望向這名新來的員工。

「佩妮小姐，妳可以從明天起開始上班嗎？」

「當然沒問題！」

外面客人的吵雜聲這才不斷傳入原本鴉雀無聲的辦公室。此時此刻，佩妮找到了第一份工作。

第一章

盛況空前的營業日

佩妮第一天去上班的路上就氣喘吁吁，鼻頭冒出一粒粒的汗珠。爲了紀念面試成功，佩妮先是和家人講講心裡話，接著又和朋友們打電話聊天到凌晨，所以睡過頭了。

尤其是阿薩姆一直想聽佩妮說自己給的書對面試多有幫助。

「所以妳那樣回答之後，達樂古特的表情發生了什麼變化？」

「噢，神啊，原來我給的書決定了佩妮的成敗！那是『我』給的書啊。」

佩妮答應請他大吃一頓，這才好不容易掛掉電話。

今天街上格外熱鬧，市民和入睡客人將街道擠得水洩不通。佩妮飛奔而過，撥開人群往前進，不停地跟撞到肩膀的人道歉。直到跑到夢境百貨的後巷，才停下來喘口氣，幸好沒有遲到。

整條巷子瀰漫著烤水果的淡淡香味和清香的熱牛奶味。佩妮醒來之後什麼也沒吃，思考著是否可以吃一根水果串燒再去上班，但是排隊隊伍太長了。

「今天的人潮怎麼特別多啊？」

後巷的行動餐車廚師看到蜂擁而至的客人，張口結舌。他一手翻轉烤好的水果串，一手攪拌大鍋子裡的勺子。鍋子裡頭咕嘟咕嘟，煮著淡黃色的洋蔥牛奶。這一道人氣料理要是在身體暖和的時候喝下肚，肯定會熟睡到被人揹走都不知道。

許多人在行動餐車前面一小口、一小口地喝裝在馬克杯裡的洋蔥牛奶。上了年紀的客人神情睏倦，滿意地享用洋蔥牛奶。有幾個小孩才喝一口就哭喪著臉，某個小朋友還故意把牛奶灑到地上。

「不可以弄髒地板！」

從某處冒出來的夜光獸晃晃毛茸茸的前腳，擋在佩妮和小孩子的中間。這個身形比阿薩姆矮小的夜光獸一邊發牢騷，一邊擦拭灑到地板上的牛奶。佩妮擔心襪子會弄濕，趕緊閃到別的地方。爲了方便奔跑，她今天沒穿鞋子就出門了。

走路不穿鞋子，在這裡不是什麼怪事。入睡客人大部分都是脫掉鞋子才來的，所以街道維持得很乾淨，就跟在室內一樣。不知道從何時開始，居民短暫外出的時候也只穿襪子出門。

只是，世世代代製鞋販售的矮精靈遇到了突如其來的危機。大家買新襪子的頻率高於買新鞋子，鞋店銷售自然跟著下滑。

矮精靈當時大膽地投身於夢境製作產業，拓展事業版圖。根據佩妮從阿薩姆那聽來的消息，銷售額在拓展事業後飆升了百分之一千以上。這個消息的可信度相當高，因爲矮精靈的鞋店原本位於租金便宜的郊區，但是不久前擴建搬到主街的十字路口這裡來了。

佩妮經過夢境百貨隔壁的矮精靈商店，瞄了一眼櫥窗。櫥窗上貼了大大的介紹文。除此之外，還有貼得亂七八糟的商品海報，所以看不清楚商店的內部。

若您需要飛翼鞋、風馳電掣的溜冰鞋，
或是能優雅游泳的特殊蛙鞋，歡迎入內挑選！
若您想買集結矮精靈獨家技術的飛天夢、
快速奔跑的夢或游泳的夢，
請到隔壁「夢境百貨」三樓櫃位購買！

「爸，買飛翼鞋給我。」

「那種東西很容易壞掉，又沒有其他功能，鞋底堅固的鞋子自古以來就是最好的。」

「嗚嗚……那我要死賴在這裡，我不走了。」

經過在鞋店前面吵架的父女後，佩妮終於站在從今天開始工作的夢境百貨前面了。

佩妮從包包裡拿出短靴穿上，照照手掌般大的鏡子，仔細確認臉上沒有沾到髒東西。今天格外安分滑順的短髮、小小的鼻子和隨和的大眼睛，外貌看起來還可以。匆匆出門忘了熨燙的雪紡襯衫讓佩妮有點介意，但是這也沒辦法。

佩妮才剛踏進店裡，就被眾多的客人淹沒。大廳中央前檯的員工正在對著麥克風廣播，是昨天那位忙著打電話的中年女員工。

「各位外地客人，歡迎光臨。外地客人一律事後付款，從店員那領取到夢境的客人直接離開即可！那邊的多濟康姆兄妹！你們要先付錢啊，過來！」

臉上長滿雀斑的小兄妹原本打算偷偷從後門溜出去，現在只好慢吞吞地繞回來走到前檯。

混亂的佩妮不知道是該先去達樂古特的辦公室，還是先換上店員穿的圍裙。進退兩難的她在人群之中猶豫不決，此時有個人抓住佩妮的衣角，將她拉出來推到前檯裡面。

「幸會，妳是今天開始上班的新人，對吧？想在這裡工作的話，妳要打起十二萬分的精神。尤其是像今天這種客人絡繹不絕的日子。」

剛才廣播的中年女店員笑臉盈盈地看著佩妮說。

「我叫薇瑟，妳叫我阿姨也可以。我有一個和妳同輩的兒子，是我晚年才生的孩子。我在這裡工作三十年以上了。這樣的自我介紹應該夠了吧？」

薇瑟給人活潑開朗的印象，而且個性也十分豪爽。只是她現在看起來很累，紅紅的鬈髮有氣無力地塌下來，嗓子都沙啞了，混雜著尖細的嗓音。

「薇瑟阿姨，您好。我是這次的新進員工佩妮。請問……我應該從什麼工作開始做起？」

「就算妳不說，達樂古特也已經吩咐我好好給妳介紹一下了。如妳所知，我們百貨從一樓到五樓，每一層販賣的夢境種類都不一樣。一樓的客人由我、達樂古特和其他時段的資深店員接待，沒妳的事。妳先從二樓逛到五樓，跟各樓層的樓管負責人見個面就可以了。聽完每一層的介紹之後，再跟我說妳想到哪一層工作。不過要是所有樓管都不喜歡妳的話，妳可能就得走人了。」

佩妮非常緊張，眼睛跟烏龜似的眨了眨，薇瑟阿姨揮揮手說：

「我開玩笑的啦。」

可能是因爲太熱了，阿姨脫下外套丟到一旁。即便店裡開了空調，她的襯衫還是浸透了汗水。

「好啦，妳快去吧。我還要替客人做介紹。今天眞的來了好多人。」

佩妮從前檯走出來之後，客人一擁而上，所以一下子就看不到薇瑟阿姨的身影了，但是她的沙啞聲宛如回音一般傳了開來。

「客人，『舊友重逢之夢』怎麼樣？二樓的回憶區剛好只剩一個！嗯？您問會出現哪個朋友？這個我也不清楚，應該會出現您記憶深處裡，小時候的朋友吧。」

「『四天三夜馬爾地夫度假夢』一進貨就完售了唷。」

「客人，那是其他客人預訂的夢境。您不能拆開包裝呀。」

「剛才來了一群正值青春期的客人，查克．戴爾的『五感奇異夢境』系列全都被他們買走了。」

「整個樓層的夢境都快賣完囉，即將銷售一空！」

佩妮將薇瑟阿姨的淒厲吶喊聲拋在腦後，轉個方向朝電梯走去。但是那邊擠滿了老早就在排隊的客人，搭電梯的話可能要等一陣子，所以佩妮決定爬達樂古特辦公室旁邊的樓梯。本來煩惱了一下要不要順便跟達樂古特打招呼，但是辦公室門口貼了一張紙，上面隨手寫了「暫時離開」，所以她決定之後再來。看來達樂古特的印表機還沒修好。

由於樓層挑高，好不容易爬木梯爬到了二樓，佩妮就開始覺得大腿肌肉痠痛了。心想以後工作勤勞一點，都爬樓梯的話，就不用另外做運動了。

放眼望去，二樓一塵不染。單調的木材室內裝飾，搭配等距隔開的聚光燈，展示櫃的間隔也是整齊劃一，彷彿用尺量過一樣。

商品好像都賣掉了，大部分的展示櫃空空如也，剩餘商品井然有序地擺放成特定的角度，裝飾盒子的緞帶打了兩邊大小相同的結。圍著圍裙的店員來回穿梭於展示櫃之間，每當客人看完商品隨手放下，總是令店員忐忑不安，戰戰兢兢。

一樓販賣的是極為高價的人氣商品，或是少量供給的限定版、預購商品。反之，二樓販售的夢境稍微普遍一點。二樓又被稱為「平凡的日常區」，販賣著小旅行、跟朋友見面或是享受美食的夢境。

佩妮仍站在階梯上，正前方是貼了「回憶區」分類牌的展示櫃。放在展示櫃裡的高級皮革盒上寫有「拆封不退」的字眼，數量所剩不多。

正在挑選商品的客人叫住路過的二樓店員並詢問：

「這個夢境的內容是什麼？」

「那是小時候的回憶，會夢到喜歡的回憶之一。每個人夢到的內容都有點不一樣，像我是夢到趴在奶奶膝蓋上挖耳朵。我甚至聞到了奶奶的香氣，有股慵懶的感覺，那是一場很棒的夢。」

店員凝視空中，露出如夢似幻的表情。

「那請給我這個，可以一次買好幾個嗎？」

「沒問題，很多客人都是來一個晚上就買走兩、三個夢。」

佩妮踮起腳尖，環視整個樓層。角落有個裝修成時髦臥室的櫃位，看起來是樓管的中年男子正在和客人談話。佩妮小心翼翼地走上前，以免打擾兩人的對話。

想認出樓管並不難，因爲其他店員圍著圍裙，別著刻有數字「2」的銀色胸針，只有一個男子身穿高級外套，胸針別在胸前，給人一種氣魄非凡、成熟老練的印象。

「爲什麼不讓我買？」

正在和樓管交談的年輕男客人慌張地追問。

「我看您現在雜念太多。夢呢，您還是下次再來買吧？現在買的話，夢境的清晰度會下降。這種時候最好還是好好睡一覺。恕我冒昧，依我的經驗來看，您極有可能做夢做到一半產生雜念，因此夢到截然不同的夢。隔壁巷子賣的洋蔥牛奶相當可口，有助於熟睡。建議您去喝一杯，一夜好眠。」

男客人一邊嘟囔，一邊走向電梯。看起來像樓管的男子用手帕擦拭客人放下的夢境盒，對準角度，放回展示櫃上。

「請問……您是二樓的樓管嗎？」

佩妮盡可能小心地呼喚他。線條分明的褲子褶紋，一塵不染的皮鞋，精心修整的鬍鬚，無需打理仍抹了髮膠往後梳的短髮，給她一種生人勿近的印象。

「沒錯，我是樓管『維果．邁爾斯』。妳是新來的員工？」

「啊，對。我叫做佩妮。您怎麼知道是我呢？」

佩妮心想難道自己臉上寫了「菜鳥」或「糊塗蟲」嗎？她雙手遮住臉頰。

「一般來說，客人不會主動和我搭話，總是去找其他店員。大家都說我給人的印象是難相處，不過我自己是覺得沒差啦。總之，妳既不是客人，也不是我認識的員工，所以我才會認定妳是新來的員工。」

邁爾斯樓管雙臂抱胸，再次仔細打量佩妮。

「啊哈，嗯……妳是來各個樓層參觀的啊。這麼想來，老闆好像事先通知過我們了。」

「對，沒錯。」

「好，妳對我這一層樓有什麼好奇的嗎？」

雖然佩妮最好奇的是緞帶兩邊的結是怎麼綁成同樣大小的，但是她忍住好奇心，問了第二好奇的事。

「爲什麼不賣夢境給剛才那位客人啊？」

「很好的提問。」

邁爾斯鬆開雙臂，撫摸商品展示櫃。

「這一層樓的所有夢境，都是我親自一個一個把關引進的最佳作品。我最討厭聽到客人隨意買走這麼棒的夢境之後，抱怨說『吼，有夠爛的夢』。妳要記住，什麼人都賣的話，會拿不到夢境費的。」

佩妮點點頭假裝自己聽得懂，但是她其實只從外地客人那聽說過夢境費是事後付款的，並不了解詳情。

「最近的新員工只是靠一張自我介紹表，還有和達樂古特先生的簡單面試就進來了吧？」

邁爾斯語帶嘲諷，像是在自言自語。

「是……嗯，我也是。」

「這眞是太荒唐了。我打算在挑選二樓員工的時候，再按照我的標準考一次員工。夢境的不確定性、不連續的特性，輕柔危險的這些商品，若是只具備普通知識，是無法妥善打理它們的。當然啦，我上大學的時候，雙主修了『夢境影像編導』和『夢境腦科學』。學術雜誌上也刊登了好幾篇我的論文呢。而且這些知識對工作相當有幫助。薇瑟因爲和達樂古特共事很久了，所以一樓樓管的位置是她的，但我是靠實力坐上二樓樓管位置的。妳覺得這單純是因爲我運氣好嗎？」

「不，您眞的很厲害。」

佩妮並不想作答邁爾斯出的試題，成爲二樓的員工。邁爾斯似乎也察覺到了她的想法，往後退一步，向員工大喊。

「好，把第三排展示櫃剩下的東西搬到第一排！動作快。」

「是！」維果．邁爾斯一聲令下，二樓員工有條不紊地動起來。他們的亞麻圍裙平滑得就像剛熨燙過一樣。佩妮一邊抓住起皺的雪紡襯衫衣角，試圖把它弄平，一邊走向通往三樓的階梯。

三樓的氣氛比二樓輕快多了。貼滿整面牆的商品海報顏色巧妙地融合在一塊，看起來就像新潮的壁紙，喇叭音響流淌出流行樂曲。

不僅是介紹商品的員工，就連來買夢境的客人看起來也很興奮。某個員工拿著滿是粉紅色愛心織片的華麗夢境盒，努力地勸客人買下來。

「查克．戴爾的『奇異夢境系列』一直缺貨。不過，您看看這個『吻格魯』的夢怎麼樣？運氣好的話，說不定會夢到和喜歡的人在不錯的地方約會呦。」

客人露出感興趣的樣子，員工用彷彿能聽到又聽不到的聲音，低聲補上一句。

「雖然有個缺點是根據做夢者的狀態，可能會夢到毫不相關的人。」

三樓的員工自由奔放。圍裙也是改成各自喜歡的風格來穿。有的人加上蕾絲做成公主風圍裙，有的人別上印有喜歡的製夢師照片的徽章。正在更換展示櫃小燈泡的員工在圍裙上縫了一個大口袋，鼓鼓地放滿了巧克力塊。

雖然佩妮的雙眼從剛才就在搜索這一樓的樓管是誰，但始終沒看到打扮特別或看起來資歷豐富的員工。佩妮走向圍著一般亞麻圍裙，正在擦拭展示櫃的員工。

「不好意思，請問誰是這一樓的樓管？我是新員工，目前正在參觀各個樓層。」

「天啊，新員工！樓管就是我！我叫莫格貝莉，是三樓的樓管。」

介紹自己是莫格貝莉的女子穿著和其他員工一模一樣的服裝在工作。短短的波浪鬈髮綁得牢牢的，頭髮細毛從四面八方冒出來。

佩妮點頭打招呼。莫格貝莉看起來年紀非常輕，不太像樓管。雙頰淺淺的紅暈也是讓她看起來很年輕的原因之一。

「我叫佩妮。我是受到達樂古特先生的指示來三樓參觀的。」

「事情我都聽說了。歡迎妳來到三樓！」

莫格貝莉笑臉盈盈地迎接佩妮。

「這裡聚集了具里程碑意義的生動夢境。噢，佩妮，我先失陪一下。那邊的客人？請問您在找什麼嗎？」

莫格貝莉話說到一半，轉而跟在附近打轉的客人搭話。

「請跟我說說看您的做夢喜好，我可以替您尋找合適的夢境。」

那名客人穿著運動短褲和領口鬆弛到胸口的跑步排汗衫，大概是國二生。他看起來有點冷，不斷搓揉兩邊的手臂。

「我想做受到他人矚目的夢，如果是全世界以我爲中心的內容更好。上次我夢到在校慶上帥氣地表演說唱，全校學生都想要我的簽名，感覺變得很有嘻哈味。」

「剩下的夢不多了……啊，這邊的科幻電影系列怎麼樣？最近有很多英雄題材的夢喔。你有可能會在夢裡變成一身紅色的鋼鐵英雄或是力大無窮的綠色怪物。賽林·格洛克是一位講究細節的製夢師，所以你應該會沉浸其中。」

「我今天來之前剛好看了英雄電影呢！好！請給我一個。」

莫格貝莉滿意地露出笑容，彷彿在說又成交一筆生意了。客人將商品夾在肋下，往反方向離去，繼續逛其他商品。

佩妮望向客人消失的方向，突然想到路過矮精靈鞋店時看到的介紹文。

「聽說矮精靈的『飛天夢』也在三樓販售，都賣光了嗎？」

原本開朗的莫格貝莉皺起眉頭，氣鼓鼓地噘嘴說：

「飛天夢一直是銷售一空的狀態啊。但是，妳知道嗎？矮精靈有多精明！我啊，打從那些原本製作鞋子的小不點突然說要開拓夢境事業的時候，就不是很開心了。不出我所料，他們有時候會在夢境盒之中，混入讓客人的雙腳像灌鉛一樣沉重、動彈不得的夢！這算哪門子的生意手段啊？他們說那樣才能收到更多的夢境費？我不過是說了幾句，他們就說會製作飛天夢的只有他們，不想斷貨的話，就別過問。眞是的，有夠傻眼！」

佩妮很後悔沒有事先了解夢境費是什麼。爲什麼雙腳變沉重就可以收取更多的夢境費呢？佩妮實在猜不到這是什麼意思。雖然在書店看過《事後付款的夢境費經濟學》或是《靠夢境買到第一間房》之類的經濟學書籍，但是實在沒有讀下去的慾望。佩妮沒有算數或和金錢打交道的天分。她雖然很想問莫格貝莉，但是又怕給人留下很笨的印象，最後在哪一樓都沒辦法工作，所以決定今天先忍住。

「達樂古特先生好像太軟弱了。我覺得應該要和矮精靈終止合約！」

三樓樓管莫格貝莉愈說愈不滿意，開始大發牢騷。激動得口沫橫飛，每次開口，頭頂附近彎彎的頭髮細毛就會像彈簧那樣晃動。現在跑出來的頭髮好像比綁著的還要多。

莫格貝莉抱怨個不停，佩妮開始感到無聊，伺機抽身去四樓躲避。剛好莫格貝莉叫住另一個路過的員工，講起矮精靈的壞話，佩妮動作自然地離開了三樓。

佩妮暗自對四樓抱持很大的期待。四樓是販賣午覺夢的地方，淺眠的動物或整天都在睡覺的嬰兒出了名地多。也就是說，在這裡工作的話，可以期待身邊團團圍繞的都是可愛的客人。

佩妮心潮澎湃地踏進四樓。果然時不時就能看到嬌小可愛的客人，但是身形更大或看起來凶猛的動物也不少，跟她設想中的溫馨氣氛相差甚遠。四樓的樓層高度比其他樓層低，大部分展示櫃的高度也只到腳踝左右，所以感覺像是來到攤開涼蓆賣東西的大型跳蚤市場。

佩妮避開橫躺擋住通道的樹懶客人和在樹懶旁邊咯咯笑的嬰兒客人，站在牆壁附近。腳邊的貨架貼了「和主人一起玩之夢」的標誌牌。有一隻老狗身上的毛東禿一塊，西禿一塊，正趴在那一邊鼻子發出噴氣聲，一邊謹慎地挑夢。佩妮稍稍往旁邊挪了一下，以免妨礙到客人。就在此時——

「叩叩。」

因爲有人拍自己的背，佩妮嚇了一大跳。回頭一看，發現穿著連身褲、披頭散髮的男子盯著自己看。

「嗨，妳是新來的吧？來了的話，應該先來找我啊，不是嗎？」男子油腔滑調地說。

「您、您好，我叫佩妮。因爲我剛才逛了一會……請問您是四樓的樓管嗎？」

「沒錯，我，史皮杜就是這裡的樓管！除了我，還有誰能負責四樓呢？」

四樓樓管史皮杜的語速非常快。

「這裡很忙，出貨量很大。」

「妳知道在我們這樓最重要的是什麼嗎？」

佩妮露出迷茫的表情，愣愣地站著，史皮杜決定獨自把對話延續下去。

察覺到這一點的佩妮出於禮貌，表現出對他的提問好奇得要死的樣子，於是史皮杜一邊用左手撥弄長髮，一邊把下巴抬成四十五度角。他的下巴鬍鬚稀疏，連十根都不到。佩妮不想仔細地瞧見史皮杜的表情，視線固定在他胸口上的胸針。刻了數字「4」的銀色胸針十分耀眼。

「妳果然不知道啊？聽好囉，做午覺夢的客人陷入熟睡的話，會很麻煩。小孩子睡太多的話會哭，動物睡得不省人事的時候常常被天敵襲擊。要是沒有信心的話，就不要賣給他們，反正業績是其他樓層在扛的。」

四樓樓管史皮杜不停地炫耀，彷彿以前沒有人可以讓他炫耀自己多厲害一樣。

「妳對我這個人有什麼好奇的嗎？」

「嗯，那個……」

佩妮努力想擠一個問題出來，但是史皮杜連五秒的思考時間都等不下去。

「大家都很好奇我為什麼只穿連身褲！妳也想問我這個，對吧？」

佩妮不知不覺露出「才不是」的表情，幸好史皮杜也沒放在心上。

「我覺得早上花時間分別穿上上衣和褲子太浪費時間了！我寧願多睡一分鐘。啊，妳很想知道我上廁所的時候會不會不方便吧？最近的衣服做得很好，像這樣把這裡……」

「不用示範沒關係，樓管先生。我已經充分理解了。」

「是喔？那妳可以走了嗎？這個時間點快要湧入在西班牙睡午覺的客人了。」

史皮杜匆匆展開對話，又匆匆地離開了。現在正纏著客人說話。

「客人，您的眼光眞好。您正在看的『有助於消除疲勞之夢』現在只剩兩個哦。再也沒有比這更適合的午覺夢了。怎麼樣？要給您一個嗎？還是兩個一起帶？」

客人嚇得微微一顫，放下夢境，匆匆往其他地方走去。客人是因爲史皮杜突然冒出來搭話很有壓力，因此快速離開，但是他本人絲毫不在意，走遍四樓各處。

「喂，佩妮，妳還沒走嗎？」

史皮杜轉眼之間又來到佩妮身邊，對著她的耳朵低語，令她很不自在。

佩妮默默希望自己不會被分配到四樓。

佩妮有點心慌意亂。雖然還有五樓，但五樓是打折販售其他樓層賣剩的夢境的樓層，所以她不期待五樓的工作環境會比其他樓層好。來到五樓後，映入眼簾的是眼花撩亂的橫幅。佩妮用手推開寫有「保存期限即將過期，大清倉！」的老舊橫幅，邁開步伐。

五樓擠滿了員工和客人，人潮比其他任何樓層都還要多。位於中央的貨架散落著傾瀉而出的夢境盒，上面貼了密密麻麻的商品介紹紙條。

下殺二折！

不過，本樓皆爲黑白夢境。

欲購買彩色夢境的客人

請洽詢其他樓層的店員。

紙條底下的盒子貼了標籤，像是「#在隱密的渡假勝地大啖龍蝦之夢」、「#南方島嶼的海邊日落」等等。佩妮想像了一下黑白畫面裡的黑色龍蝦和灰色海邊，連連搖頭。所謂便宜沒好貨，說的就是這個。

「各位客人，這和尋寶遊戲沒有兩樣！從出廠價五十金夢幣到傳奇製夢師製作的夢，通通藏在這裡頭。各位努力挖寶吧！還有必須提前幾個月預約才能夢到的夢！睜大雙眼，仔細找吧！」

佩妮盯著那個爬到對面貨架上，擺出誇張姿勢，推銷夢境的人的背影。肩膀圓圓，身體胖胖，但動作相對敏捷……仔細一看，這個人的背影莫名有股熟悉感。

「毛泰日！」

「佩妮！說今天要來的新人就是妳啊？佩妮？」

佩妮一叫出名字，毛泰日就開心地打招呼。

毛泰日是佩妮的高中同學。他是全校最愛搗亂、最愛出風頭的男同學。而且還有一件事很出名，那就是他可以唯妙唯肖地模仿全校老師的聲音。

「你是五樓的樓管……？」

「這怎麼可能！要是那樣就好啦，但是五樓沒有樓管。五樓的員工都是自由發揮，使出渾身解數在販賣夢境。這個地方很適合我。」

和佩妮說話的時候，毛泰日依舊興致勃勃地晃動身體，勸說腳底下的客人買走夢境。

「來來來，我現在心情大好！買一送一！費用從我的薪水裡扣，我自掏腰包送給各位！」

「你這樣做也沒關係嗎？」佩妮擔心地問。

「我是騙人的啦。本來就是以兩個夢的價錢出售一個夢境。」

毛泰日脫掉燈芯絨外套，像披風一樣披在肩膀上，跳來跳去。正如他所說的，五樓的工作環境似乎很適合他的個性。佩妮想像了一下自己像毛泰日那樣爬到貨架上，一邊跳舞一邊賣夢的樣子，立刻陷入絕望。

「喂，佩妮，妳看。今天有很好的夢境。」

毛泰日不知何時已經從貨架上爬下來，走到佩妮的身邊。手上拿著用淡藍色的半透明包裝紙包住的夢境。

「這是……？」

「沒錯！是娃娃．眠蒂的作品『西藏七天之旅』！風景一定超美的，雖然保存期限已經過了，某些畫面是黑白的。聽說眠蒂打造出來的風景比實景還美，妳也知道吧？」

「這麼珍貴的夢境怎麼沒賣掉，而是來到了五樓？」

佩妮十分訝異，因爲娃娃．眠蒂是五大傳奇製夢師之一。她的夢就算等上好幾個月，也很難入手。

「有個客人預約訂製之後，沒有準時來睡覺。說什麼因爲考試期間整晚通宵沒睡？客人預約後沒拿走的夢也會被送到五樓來。我要把這個藏在這裡，下班的時候再偷偷夾帶出去。」

毛泰日露出他特有的調皮神情，將夢境盒塞到貨架下面藏起來。

「這件事要對達樂古特先生保密！我還想在這裡工作久一點。」毛泰日微笑時露出了虎牙。

「佩妮，妳也認真考慮看看在五樓工作的事。這裡看妳賣多少，就能抽成多少！」

佩妮心動地睜大了眼睛，毛泰日補充說：

「不過，底薪非常低。」

佩妮現在得回到一樓去見達樂古特。她故意不搭電梯，慢慢走樓梯下去。

然後她開始思考以後要在哪一樓工作。想在五樓工作的話，不是得到馬路中央訓練唱歌，就是得重新投胎，想辦法改變個性。想在四樓工作的話，最大的難題好像是適應史皮杜這個人。三樓雖然看起來很歡樂，還過得去，但是和莫格貝莉說話的時候得小心挑選話題。若想和二樓的維果．邁爾斯工作，在通過他的測驗之前，必須先熨平雪紡襯衫。剛好經過二樓的佩妮耳邊傳來維果．邁爾斯的聲音。

「二樓商品已銷售一空！賣光啦！」

佩妮遲遲無法決定要在哪一樓工作，就這麼一路走到達樂古特的辦公室面前了。寫著「暫時離開」的紙張已經拿下來。

佩妮敲敲門，門因此稍微打開。她從門縫偷窺了一下辦公室裡面。達樂古特不是一個人，在一樓前檯工作的薇瑟阿姨也來了。

「達樂古特，我們現在老了、太累了。像三十年前那樣，就算只吃一份便宜便當也會活力充沛的歲月早就過去了。一樓的前檯需要更多的新員工，你和我兩個人負責前檯的工作太吃力了。你看看，今天你也是待在辦公室裡處理預約的事，爲了確認倉庫的庫存情況，一直不在位置上，所以我現在整個人才會累到筋疲力盡。」

薇瑟阿姨訴苦道。

「薇瑟，對不起。但是妳也知道前檯的工作有多重要啊。我不能勉強把這份工作隨便交給其他人做。我會發公告問問看員工之中是否有人願意申請這個職位，所以請妳再忍一忍。雖然這份工作壓力很大，不知道有誰會欣然站出來接受就是了……對了！和二樓的邁爾斯一起工作，妳覺得怎麼樣？」

「邁爾斯？」薇瑟阿姨反問。

「無論是經歷還是知識方面，他都對妳大有幫助。」

達樂古特和藹地說。

「噢，他應該不想在我底下做事。乾脆把一樓的樓管位置讓給他？不過那可能又是另一回事了……咦？誰在外面？」

薇瑟阿姨察覺到背後有人，轉身往門這邊看。佩妮盡可能若無其事地走進辦公室。

「我無意打擾二位談話。我只是要來報告每個樓層我都去參觀過了……」

「喔，這樣啊！沒關係，妳過來一起坐吧。」

達樂古特高興地迎接佩妮。他披著柔軟的開襟衫，靠在椅子上。

「那麼，妳想到哪一樓工作？」達樂古特問。

薇瑟阿姨也對佩妮的選擇很感興趣。

「如果是我的話，我就去二樓。雖然邁爾斯十分挑剔，但是在他底下做事可以學到很多。」

佩妮剛剛才搶先他人知道現在多了一個有趣的工作，她絕對不能錯過這個機會。她停頓了一會，給了明確的答覆。

「我想在一樓的前檯工作。」

達樂古特和薇瑟阿姨比想像中更加爽快地接受了佩妮的提議。明天馬上多一個屬下來減輕自己的工作量，薇瑟阿姨感到心滿意足。而達樂古特本來很擔心薇瑟說了那麼多，最後會說出「我不幹了」或是「其實我已經決定好要跳槽了」之類的爆炸性宣言。但是多虧佩妮，這個話題才能圓滿結束，所以他也很高興。

為了向佩妮簡單介紹工作內容，三人來到前檯。櫃檯裡有好幾架顯示各樓情況的螢幕，以及廣播用麥克風。某個角落堆放了要發給客人的商品型錄。

「每一樓的庫存還剩多少、銷售情況怎麼樣、夢境費是否順利支付等等，都可以在這裡確認。」

薇瑟阿姨在螢幕上叫出幾個令人頭暈目眩的視窗。

「夢境支付系統四．五版！這個綜合應用軟體包含了所有經營商店所需要的功能，尤其是夢境費結算系統做得超棒。雖然這個版本的使用費昂貴，但是花得很值得。想使用和金庫綁定的自動結算系統的話……庫存低於整體的百分之十三時，會自動跳出通知……」

佩妮的專注力迅速下降，得費好大的勁才能聽懂幾句薇瑟阿姨所說的話。令人驚訝的是，呆呆地站在旁邊的達樂古特也露出了和佩妮一樣的表情。

「看來妳和達樂古特是同一掛的啊，他最討厭聊到機械了。那我今天先簡單跟妳介紹什麼是『眼皮秤』。」

「現在我總算也可以說句話了。」達樂古特面露喜色。

薇瑟阿姨轉身面向包覆櫃檯後方的圓牆。仔細一瞧，高聳的牆面原來是每一格都放了東西的大型收納櫃。

每一格都放有寫了號碼的小天秤，形似眼皮的秤砣一起一落，移動著顯示睡眠狀態的刻度。佩妮身高所及的「九〇二號」天秤刻度快速地在「清醒」和「睏倦」之間來回。

「這些是常客的眼皮秤。爲了事先知道客人的來訪時間而特別製作的，這是利用我們這間店長年累積的經營訣竅所創造出來的東西。」達樂古特非常自豪。

薇瑟阿姨看了「九九九號」常客的眼皮秤，有點難過地說：

「這個客人的眼皮原本都是在這個時間變重，但是他現在上了年紀，所以睡覺時間縮短很多，最近根本不來買夢。這個地方充滿了我的回憶。到了預約時間也不來的人，我有時候也會用手指輕撫他們的眼皮。如果客人在辦要事的時候打盹的話會很麻煩，所以妳不要亂碰喔。」

佩妮忙著抄下薇瑟說的話，連回答的空閒都沒有。

「不好意思，可以麻煩您再說一遍剛才的話嗎？要用手指對眼皮怎樣？」

「算了，妳不用太擔心。反正我隨時都會和妳在一起。」

三人正在起勁地討論天秤的時候，前檯傳來通知。那是來自薇瑟阿姨讚不絕口的「夢境支付系統」的通知。

叮咚——

所有樓層皆無庫存。全數銷售完畢。

「全部都賣光了，那不用工作啦。」

確認完通知視窗的達樂古特透過店內廣播用麥克風，跟全體員工通知提早下班的消息。他才結束廣播，整間店就響起了歡呼聲。

「好久都沒有提早下班了。我也要早點走人，今天家裡有聚會。我家老么學會倒立了！所以今天要開紀念派對。」

包含薇瑟阿姨在內的店員陸陸續續都下班了，店裡就只剩達樂古特和佩妮。佩妮雖然很想走人，但看到還沒離開的達樂古特的臉色，便留下來了。

「抱歉，都賣完了。明天商品一進貨，就會重新開放購買。」

佩妮探出頭來，露出非常抱歉的表情，四、五個穿著睡衣的人便聳聳肩，轉身離開。

達樂古特正在前檯備妥的紙上寫字。

「您在寫什麼呢？」

「我打算寫一份公告貼在門外，告訴大家商品賣完了。」

佩妮安靜地站著看達樂古特。他似乎對自己的筆跡不是很滿意，已經丟掉三張紙重新撰寫了。能這麼近距離地看到達樂古特，和他一起工作，佩妮直到現在還是覺得很神奇。

「那個故事出現的三徒弟眞的是達樂古特先生的遠祖嗎？」佩妮突然問。

「我是這麼聽說的。所以我的父母要我謹記祖父母的存在。」

達樂古特拔掉開襟衫的毛球，不以爲意地回答。

「眞的好酷喔！」

佩妮一臉崇拜地注視達樂古特。

他總算寫好要貼在店外的公告了。

「好，寫完了！」

「給我吧，我去貼。」

爲了防止公告掉下來，佩妮分別撕了兩條粗粗的膠帶貼牢。她站在稍遠的地方確認水平線是否歪掉，接著才回到店裡面。

本日預備的夢境已全數售完！

敬告今日來店的入睡顧客，

由於本日準備的夢境商品已銷售一空，

請各位明日再來。

本店全年無休，

日日備妥好夢，

等候各位大駕光臨。

——店主敬上——

「妳要吃一塊餅乾嗎？」

達樂古特一邊撕開包裝上寫了「寧神餅乾」的零食袋，一邊哼歌。那是面試的時候，達樂古特給她的那個餅乾。

「不過，妳怎麼還不下班？」

達樂古特彷彿現在才想到要問。

「其實……是因爲我看您還沒下班……」

「哦，哎呀，我算是下班的狀態啦。」

達樂古特含糊地回答。

「嗯？」

「我改造了這棟建築的閣樓，住在這裡。」

「啊……」

鈴鈴。

就在此時，掛在店門口的鈴鐺響起，走進一位上了年紀的客人。

「抱歉，今天的商品都賣完了……」

佩妮才剛跟客人開口，達樂古特就站到她的前面，讓她等一等。

「我……不是來買東西的。我可以預約商品嗎？」

「當然可以，歡迎光臨。」

達樂古特悄悄地把零食袋藏到身後，高興迎接客人。繼那位客人之後，又來了幾名客人。達樂古特迎接的客人年齡、性別都不一樣，但是大家的眼睛都腫腫的。一定是在入睡之前，大哭過一場。

「看來他們遇到了什麼事。」

佩妮小聲地用客人聽不到的音量跟達樂古特說悄悄話。

「就是說啊。他們都是我的熟客，今天比平常還要晚來很多。」

「看來是因爲睡不著，輾轉反側了很久。」

「好像是這樣。」

達樂古特帶他們到商店入口右邊的員工休息室。佩妮也跟了過去，不過達樂古特絲毫不在意她跟過來。

打開咯吱作響的拱形門後，出現了相當寬敞的房間。在要說是枝形吊燈又太樸素的燈具照亮之下，休息室顯得很溫馨。房間裡有滿是碎布縫補痕跡的舊抱枕、柔軟的椅子和沙發，以及鋸下整棵樹做成的大桌子。老舊的冰箱、咖啡機，甚至是零食籃子都有，樣樣俱全。

客人一坐下，達樂古特就從零食籃子抓一把小糖果分給他們。

「這是助眠糖果，好吃又有效。像今天這樣的夜晚，好好睡一覺是最棒的。」

客人各拿到一顆糖果。然後，突然爭先恐後地開始掉淚。

「哎呀，我應該先給你們寧神餅乾才對。沒關係，哭吧。在這裡發生的事不會洩漏出去的。好，我該替各位準備怎樣的夢呢？」

對於達樂古特的提問，坐在入口處的年輕女子最先開口：

「我不久前和男朋友分手了。這段時間以來我都沒事，忍得好好的，但是我今天突然頭痛，整顆心激動澎湃。我不是覺得寂寞，而是感到難過。和他分手後，我一步也沒辦法往前邁進。我想知道我感受到的是怨恨還是後悔。如果我們在夢裡相見的話，我能弄明白嗎？」

其他客人也接著一個一個開口。

「我在很小的時候失去了和我年紀相差很大的親生姊姊。而昨天是我的生日，我二十五歲了。那正是我姊姊過世當時的年紀。我再一次感覺到那是多麼年輕的年紀，所以很痛苦。就算是在夢中也好，我想和姊姊說說話。不知道姊姊過得好嗎？」

「離公開徵件賽沒剩多少時間了，但是我連個點子也沒有。這就像其他人都很聰明，就只有我是笨蛋一樣。都這把年紀了，還什麼也不會，但是我絕對不會放棄我想做的事。」

「我活了很久，上個月已經滿七十歲了。今天在打包行李的時候，看到我學生時期拍下的照片和結婚照。當時的回憶整天在我腦海裡揮之不去，然後我就躺在床上感傷地再一次體會到歲月的殘酷。」

客人敘述著自己的故事，說了好一陣子。達樂古特在準備好的筆記本上密密麻麻地記下客人的故事。

「好，預約訂單我都寫好了。我會準備好各位需要的夢境。」

客人將達樂古特給的助眠糖果含在嘴裡吃，然後紛紛從位置上站起來。最後一個站起來的上了年紀的婦人問：

「那我訂的夢大概什麼時候能夢到？」

「我看看，有些客人的要立刻準備，有些客人的則要等一下。」

「要等多久呢？」

「這個我很難給您明確的回覆，但是爲了準時收到訂購的夢，各位需要遵守一件事，就一件事。」

「什麼事？」

「每一天晚上盡量熟睡。就這樣。」

過了一會，比較晚來的客人也離開商店了。佩妮站在在前檯整理筆記的達樂古特旁邊，準備要下班。

「是說，像這樣接到預約訂單的情況多嗎？」

「不到非常多，但是偶爾會碰到。這比販賣做好的夢境還要有意義。如果妳也跟我一樣開店很多年的話，妳就會明白了。好啦，妳快回去吧。」

「是！」

前檯的眼皮秤滴滴答答地在動，片刻不停。

「啊，對了，佩妮！」

達樂古特叫住正要走到外面的佩妮。

「是？」

「我忘記歡迎妳了。我由衷地恭喜、歡迎妳來到我們店裡工作。希望妳會喜歡這個地方。」

第二章 深夜戀愛指南

過去一個月以來，佩妮不知不覺成長許多。最大的成長是她現在對常客的眼皮秤瞭若指掌了。「八九八號」常客的眼皮秤，眼皮動不動就變重，不曉得有多頻繁，佩妮還以爲是設備故障了。

「薇瑟阿姨，我很確定這個眼皮秤故障了。我觀察了好幾天，這個客人所在的地區現在也不是深夜，但是從早上八點到下午五點，他眼皮整天都是閉著的。您看，現在也是！」

形似眼皮的秤砣喀噠作響，慢慢閉上又睜開，如此反覆。

「眼皮秤沒壞啦。這個客人是高中生，應該是上課的時候很常打瞌睡。別管他。不是說上課打瞌睡，天神來了也沒轍嗎？」

除此之外，佩妮現在也學會基本的引導了，例如客人找的夢是在幾樓販賣的商品、新商品的進貨日是什麼時候等等。

但是，前檯最重要的管錢工作，也就是關於夢境費的業務，她還是很生疏。最棘手的便是使用「夢境支付系統」應用軟體了。在這方面，達樂古特也和她一樣，所以至今客人事後支付的「夢境費」全權交給薇瑟阿姨打理。

「客人做夢之後所感覺到的情緒，有一半會轉換成費用支付給我們。賣給情感豐富的客人的話，收到高額夢境費的機率當然也會提高。所以管理好常客是很重要的工作，我們的常客大部分都是情感豐富的人。」

「怎麼有辦法像付錢一樣支付情緒啊？」

「這就是『夢境支付系統』的厲害之處啊！這是一種物聯網技術。我們的金庫、客人，還有這套系統都是相連的，客人支付的夢境費會流向金庫，我們可以從電腦看到資料……佩妮？妳睡著了嗎？好歹也裝一下妳聽懂了吧。」

薇瑟哀怨地說。

「抱歉……因爲我想像不出來那個畫面……」

「眞是沒辦法，暫時還是得由我來處理了。」

每天一早，薇瑟阿姨來上班的第一件事就是去金庫收回夢境費，再好好地存放到對面的銀行。這個時候佩妮一定會打起十二萬分的精神顧好櫃檯，以免在薇瑟阿姨不在的時候闖禍。

佩妮今天也像狐獴一樣伸長脖子，觀察店內情況，等待薇瑟阿姨回來。不過，才剛走去倉庫的薇瑟阿姨這就回來了。

「這麼快就回來了？」

薇瑟阿姨抱著肚子，冷汗直流。

「我早上吃的歐姆蛋好像有問題。我……我去一下……洗手間。應該不會太久。妳可以替我去一趟銀行嗎？妳拿鑰匙打開倉庫裡的金庫之後，會看到兩個填滿內容物的玻璃瓶。拿著那個到銀行櫃檯的話，接下來的事行員會自行處理。只要說妳是夢境百貨的人就可以了。快……快去吧。太晚去的話，銀行會湧入大批人潮。」

阿姨交出小鑰匙，飛速地跑向洗手間。

佩妮連慌張的時間都沒有，趕緊在紙上寫下字跡潦草的「暫時去一下銀行——佩妮」，接著馬馬虎虎地貼在顯眼處。然後走向倉庫，反覆喃喃自語：「金庫、兩個玻璃瓶、填滿的、銀行櫃檯、說是夢境百貨的人」，以免自己忘記。

佩妮站在整理得很好的倉庫裡頭的金庫前。金庫比想像中還要大，所以光是要找到鑰匙孔就花了一點時間。佩妮好不容易將鑰匙插入腳邊的鑰匙孔，一轉動就發出防盜裝置解鎖的喀噠聲。佩妮用力拉開跟大廳正門一樣大的金庫門，眼前出現的是深如洞穴的內部。

金庫好似哪個有錢人家地下一樓的巨大調味料倉庫。放在特製盒子裡的玻璃瓶多到數不清，而且內容物的顏色都不太一樣。有神祕的青綠色、耀眼的象牙色，也有如鮮血般的深紅色。佩妮覺得玻璃瓶裡那薄薄一層的深紅色液體有點令人毛骨悚然。

「滴答、滴答」的水滴掉落聲不斷地在金庫內部響起。佩妮雖然知道這些五顏六色的液體是客人支付的夢境費，但是實際看到之後覺得更神奇了。

薇瑟阿姨所說的那兩個填滿的玻璃瓶並不難找。好像是有人昨晚事先將填滿的瓶子從盒子裡取出後放到了下面。玻璃瓶上貼著寫有「心動」的標籤，裡面的液體呈現棉花糖般的淡粉紅色。佩妮很想多欣賞一會這些瓶瓶罐罐，但是她沒有忘記薇瑟阿姨的吩咐，要快點去銀行。她趕緊取出那兩個填滿的玻璃瓶，鎖上金庫的門。

佩妮雙手抱著兩個玻璃瓶，走向對面的銀行。瓶子挺重的又會滑，所以她走路走到滿頭大汗。佩妮覺得一定是薇瑟阿姨忘記告訴她有什麼可以方便移動的工具了。

銀行的門一打開，就吹來涼爽的空調冷氣。人潮還不多。從容地拿完號碼牌後，佩妮覺得順利抵達這裡的自己很了不起。

「我再也不是那個冒冒失失的佩妮了。眞是的，想好好做的話，我還是能做到嘛。」

佩妮在等候席坐下，等待的時候緊緊抱住晃動著粉紅色液體的玻璃瓶。等待人數是七個人，佩妮以爲稍等一會就會輪到自己，但是臨櫃客人好像在辦什麼複雜的業務，久坐不起。

感到無聊的佩妮小心翼翼地把玻璃瓶放到腳邊，從等候席旁邊的雜誌架取出一本雜誌。封面寫了《夢境腦科學五月號》，這個標題看起來不怎麼有趣。佩妮隨意翻開一頁讀下去。

本月論文：關於夢境費與做夢者的情緒之考察

里諾博士的《關於夢境費與做夢者的情緒之考察》獲選爲本月論文。評論認爲，過去雖然出現過諸多相關的論文，但是像里諾博士這次以深度研究爲基礎的論文極爲罕見。

「關鍵在於客人意識到自己是『忘卻的動物』。他們客觀地了解自己。甚至知道自己記得的所有資訊都不是原本的實際事實，而是被輸入到大腦裡的資訊。其結果是，他們知道所有的經驗都會被人忘掉，所以對於現在這一瞬間只有一次，產生了更切身的體會。正是這一點爲客人感覺到的情緒和他們支付的夢境費賦予了特殊力量。」

被問到兩百多頁論文的核心內容時，里諾博士做出了以上的回答。某些人批評這份論文不過是沿襲了既有的研究，但是里諾博士過去十年來堅持不懈研究多達三千件的案例，大家都十分認可他付出的辛勞（全篇論文可在《夢境腦科學》官網閱覽）。

佩妮一想到兩百多頁的論文，頭腦就快爆炸了，毫不留戀地闔上雜誌。等待人數還有五人。

就在那個時候，某個西裝筆挺的男子在她旁邊坐下並開口。

「這個顏色光是看到就讓人很心動。品質非常好，應該可以換到兩百金夢幣吧？妳是從哪來的呢？我第一次看到妳耶。」

「我是對面夢境百貨的人。我是新人，所以您應該是頭一次看到我。」

佩妮猜那名男子是銀行相關人員之類的。

「妳是幾號？好像還要一陣子才會輪到妳，有一個地方很有趣，要不要去看看？」

佩妮擺出動作，示意帶著沉重的瓶子很難走路，正想拒絕的時候，男子很自然地抱起其中一瓶說：「我幫妳拿。」

男子帶佩妮往銀行櫃檯的反方向走。佩妮糊里糊塗抱住剩下的那瓶，跟著男子往前走。他們抵達的地方有一面巨大的電子看板，而且有一百多把椅子矗立在那。那個空間就像把整個火車站候車大廳搬了過來。

看起來莫名焦躁不安的人群，抬頭盯著從天花板延伸下來的超大型電子看板，快把它給看穿了。電子看板即時顯示各種情緒的市價波動，就像股市商品那樣。

「成就感」和「自信」更新為上漲程度高達百分之十五的最新高價，以深紅色羅列在最前面。下面的「空虛」和「無力感」市價不斷下跌。有幾個人坐在最能看清楚電子看板的位置上，雙手合十或嘆氣連連。

「牛肉漢堡套餐也才一金夢幣，一瓶成就感的價格竟然飆到了兩百金夢幣！到底是誰為了獲得滿足感的替代品，花大錢買走別人剩下的成就感啊？要是我去年搶購囤起來，現在就能爽爽退休了！」某人唉聲嘆氣。

佩妮看見電子看板上面的「心動」市價，「心動」的交易價格是比昨天稍微高一點的一百八十金夢幣。佩妮心想弄丟的話就完蛋了，牢牢抱住玻璃瓶。然後回頭看看一起來的那個男子……

糟糕，那個人不見了。而且他幫忙拿著的那瓶「心動」也是……

大事不好了。佩妮感覺到背脊發涼。

他是騙子嗎？那個人肯定是天天早上到處尋找呆頭呆腦、大搖大擺拿著值錢東西的獵物，結果發現了佩妮。而她連這一點都不知道，還多嘴地說出自己是新人，眞是超級適合當個讓人垂涎三尺的獵物。佩妮拿著沉重的瓶子，累到一步也走不動。

佩妮心想至少要把剩下的那一瓶存進去，但是她的號碼早就過號。雪上加霜的是，號碼牌也不翼而飛了。由於前檯的崗位不能空太久，她只好先回到店裡。

薇瑟阿姨早就回來了。和佩妮不一樣的是，她似乎一瀉千里地上完廁所，所以看起來相當輕鬆自在。

「薇瑟阿姨……」

「佩妮，妳怎麼這副表情？咦？妳爲什麼抱著那個回來？」

佩妮解釋了事情的來龍去脈。講完之後，她覺得自己就像全天下最笨的傻子。

「這下不好了。『心動』最近本來就很珍貴。我也有責任，我不該突然交代工作給妳。我會好好跟達樂古特解釋的，妳不用太擔心。跟警察報案的話，或許可以抓到人。那個傢伙也跟我搭訕過幾次。」

「那妳當時就應該踢他的小腿肚啊，薇瑟。」

達樂古特突然冒出來。

「所以不僅一瓶夢境費被偷了，剩下的那瓶也沒存進去？今天的『心動』單瓶價格創下三個月來的新高……」

「達樂古特先生，我眞的很抱歉。」

佩妮請求原諒，連達樂古特的臉都不敢看。

「不過，這下剛好！我正好需要一瓶『心動』。我本來想在薇瑟去銀行之前來櫃檯說一聲的，我卻忘了。但妳這不是又拿回來了嗎！今天的事情眞是順利呀。妳弄丟的那一瓶，就當作是讓妳明白世界險惡的學費吧。」

達樂古特寬宏大量地這麼一說，卻讓佩妮更加愁雲慘霧。

「我眞的很抱歉，但是那個『心動』您要用在哪呢？」

「這個啊？我總覺得需要『心動』的客人很快就會上門了。」

女子從小就是夢境百貨的常客。雖然她也覺得自己很常做夢，但是渾然不知這間夜夜拜訪的商店的存在。因爲很神奇的是，一到早上，關於百貨的事她就會全部都忘得一乾二淨。

女子不是首都出身的人，畢業的大學也不在首都。不過，大學畢業後便在首都圈工作，因此也自然而然地過起常見的上班族獨居生活。女子畢業之際隨即找到了工作，雖然職場生活很累，但是已不再像最初那麼陌生。她今年二十八歲，步入職場已有四年。簡而言之，人生相當順遂。

「沒有，一個也沒有。」

「眞的嗎？你們公司的男員工不是很多嗎？」

「不是有女朋友，就是有婦之夫。不是我喜歡的類型，就是我不是人家喜歡的菜。」

「哎呀，又沒人要妳一個一個交往看看。交不到男友，難道不是因爲妳不想談戀愛？」

「老實說，我不知道要怎麼開始一段戀情。上班族的戀情到底是怎麼開始的啊？」

「我就知道是這樣，妳有喜歡的人了，對吧？」

「其實……」

女子和朋友打完電話，躺在加大雙人床上上。寬大的床今天格外讓人心煩。

「啊，好孤單喔。」

女子已經到了獨守空閨會說出「好孤單」的境界。頭撞到附近的牆，短暫發出的聲響聽起來很淒涼。時鐘早已指向子夜十二點。從加完班回到家立刻洗澡，丟掉回收資源，做飯來吃，跟朋友短暫通話，就只是做了這些事而已，也弄到半夜。就算現在馬上入睡，也只能睡六個小時。應該又會像昨晚那樣看個 YouTube 影片，順便追完整部網路漫畫，連續熬夜兩天了吧。孤單算什麼啊，爲了明天的上班日，要先消除疲勞才是。

「我要這樣活到什麼時候？」

女子努力揮走腦海裡浮現的問題。睡覺之前不可以想太嚴肅的事。從經驗來看，她知道這對睡眠一點幫助也沒有。

女子將薄棉被拉到脖子，設定好手機鬧鐘，確認明天的天氣。空氣品質有害，天氣多雲。連通知圖示也是灰色的。

「沒想到我的二字頭人生會如此灰暗，毫無光輝燦爛可言。」

其實，倒也不是完全沒有。她想起剛才和朋友通話提到的某個男子。那個人是每個禮拜三都會來公司拜訪的廠商，早上工作結束之後，他總是會坐在她常去的餐廳的單人桌吃午餐。

「您好，我是鈦克科技公司的玄鍾碩。請問您現在方便講電話嗎？」

「是的，您好，我是鄭雅英。現在可以通話沒問題。請問有什麼事嗎？」

「是這樣子的，我打算這個禮拜三早上十點去拜訪，請問您屆時有空嗎？」

女子只和男子有過這類工作上的通話。見面的時候，除了簡單的問候，沒有過其他的對話。但是，他每個禮拜一同一時間事先聯絡工作事項的規律行爲、端正的打招呼姿勢、就算碰到令人驚慌或厭煩的業務也能冷靜應對的成熟男人樣貌（當然這純屬個人見解）總是映入她的眼簾。

而且，那個男子最近這幾天開始在她的夢裡出現。夢裡的他身材甚至比眞人還要修長，還要帥。

上一次對他人產生好感，發展成戀情是什麼時候的事？高中嗎？還是大一的時候？等等，明天是禮拜三嗎？女子突然覺得內心的壓迫感減輕了不少。明天是可以看到那個男子的日子。

女子滾一圈用棉被把自己包起來，躺著直視牆壁。就算是夢中的那個男子，也希望他不會知道自己一個人在床上心動地滾來滾去。他要是知道有個陌生人不僅偷窺他工作的樣子，還在床上想著自己，會很不舒服吧？他說不定已經結婚或是有了女朋友。

怦怦跳的心和十幾歲的時候沒什麼不一樣，但是她已經來到還沒開始戀愛就有一堆沒來由的煩惱的年紀。

女子心想，糟糕，花太多時間思考這件事了，現在真的得睡了。一邊進入夢鄉，一邊祈禱。

「就算是單戀也好，請讓這樣的情緒維持久一點吧。」

「薇瑟阿姨，二〇一號客人好像快來了。」

「噢，是喔。」薇瑟阿姨瞄一眼眼皮秤。

「太好了。她天天來報到，但是昨天突然沒來，害我有點擔心。」

佩妮看著二〇一號眼皮秤，露出滿足的微笑。眼皮完全閉上，天秤的刻度指向

「快速動眼期睡眠」。

佩妮才剛說完話，二〇一號常客就打開店門進來了。佩妮和薇瑟阿姨開心地迎接她。

「歡迎光臨。」

「您好！我今天也想做一樣的夢。最近夢到的夢我很滿意。」

「好的，現在三樓很亂，您不好找。我去替您拿，請稍等。」

佩妮快速爬到三樓。三樓樓管莫格貝莉正在和員工一起整理剛到貨的夢境盒。她的頭髮細毛今天也跑出來見人了。佩妮避開盒子堆，來到「長期暢銷」區。

持續熱銷的夢境堆積如山，放在貨架上。早上應該還整整齊齊的才對，一定是因爲很多人翻找，才會變得亂七八糟。

爲了找到女客人在等的夢境，佩妮努力翻找盒子。在把矮精靈的「飛天夢」翻到第五遍的時候，終於看到精心黏上愛心裝飾的盒子。包裝緞帶上印有芝麻大小的製夢師吻格魯的姓名。吻格魯是一名資深製夢師，他製作的愛情故事精采絕倫。無所不知的包打聽阿薩姆說，他其實一點戀愛天分也沒有，失戀過一百多次。每當失戀的時候，他就會剃光頭，所以誰也沒看過他留頭髮的樣子。但是業界人士都認爲他失戀次數愈多，夢境品質就愈高。

「是這個對吧？」

一口氣跑回一樓的佩妮將盒子遞給客人。盒子上的緞帶寫了「出現喜歡的人之夢」。

「對，沒錯。」

「那這個給您，謝謝惠顧。」

「今天的錢也是之後再付就可以，對嗎？」

女子收下夢境盒，望向薇瑟阿姨並詢問。

「對，就像平常那樣，醒過來之後分享一點您感受到的情緒給我們就可以了。」

「也就是說，如果您做完夢什麼情緒也沒感覺到的話，我們也拿不到夢境費！」

佩妮機伶地現學現賣從薇瑟那學到的工作技巧。

女客人拿著盒子，悠然地離開商店。客人步伐輕盈，但是佩妮卻不知怎的，看到她的背影之後心裡有點不舒服。

過後不久，店裡稍微閒了下來。佩妮慢條斯理地打掃大廳地板，陷入沉思。二〇一號客人離開之後，她總覺得哪裡令她鬱悶難解，但又不知道其中的緣由。佩妮掃地掃到了樓梯旁的達樂古特辦公室前面，這才有點明白那股煩悶感是什麼造成的。

「喔，對不起。我掉太多零食屑屑了，對吧？」

辦公室的門突然打開，達樂古特走出來。

「不是的，達樂古特先生。因為現在有點閒，所以我正在打掃。是說……」

「怎麼了嗎？」

「有件事我很好奇。就是那個二〇一號客人。」

「哦，二〇一號啊，她是我們的老客人了。」

「繼續賣『出現喜歡的人之夢』給那位客人也沒關係嗎？」

「妳覺得哪裡有問題嗎？」

達樂古特對佩妮的提問產生興趣。

「嗯，我覺得夢到喜歡的人的話，好像只有前面幾次會很開心。如果一直夢到，渴望感愈來愈強烈，最後會很傷心難過吧。但那位客人卻一直想做夢……」

佩妮短暫陷入思考，停了一下。

「沒錯！一直在做夢的意思不就是現實生活中毫無進展嗎？」

佩妮現在總算知道爲什麼看到她的背影，心裡會覺得鬱悶了。

「佩妮，妳知道像二〇一號這樣的外地客人，平常是怎麼看待夢境的嗎？」

「當然知道啊，我有學過。潛意識，他們以爲做夢是潛意識的表現。」

「沒錯。」

「所以呢？」

佩妮一時跟不上對話。雖然不想被認爲是愚鈍的員工，但是她太好奇了。

「客人醒來之後，完全不記得我們商店的事，這個妳應該也知道。所以把做了一整晚的夢當作潛意識，對他們來說是最好的解釋。如果妳是客人，妳會怎麼做？」

「如果我在意的人一直在夢裡出現的話，那我會覺得自己潛意識裡也喜歡上了那個人。」

佩妮沒有自信地說。

「沒錯。而且經過足夠的時間後，就會產生確信，認爲自己喜歡那個人。」

「所以說啊，光是做夢，愛情也不會萌芽啊？夢只是夢……」

佩妮心浮氣躁地說。一想到那位買走夢境的女客人，不由得一陣心酸。但是達樂古特仍舊一臉開朗。

「發現自己喜歡對方的瞬間，愛情就萌芽了。無論結局是以單戀還是兩情相悅收場，我們都發揮了我們的作用。」

「希望不是單戀，那太令人難過了。」

「正如妳所說的，夢不就是夢嗎？試著相信現實生活中的她吧。」

女子比預定時間還要早五分鐘醒過來，鬧鐘還沒響就睜開眼睛，通體舒暢。女子隱約覺得自己在夢中好像去了某間店，但是回憶就像握在手裡的流沙一樣，愈是努力回想，愈快從腦海裡消散。不過，她記得那個男子今天也在夢裡出現了。夢裡的她和男子一起待在他常去的那間餐廳，親暱緊挨著坐在男子每天坐的位置旁邊。

兩人聊了許久，似乎說好了每天都要在那裡見面。夢中的她和男子自在地聊天，彷彿兩人相識許久。

女子珍惜地回味夢境的餘韻，下床走向浴室。明明剛才還很心動，但是身體一碰到蓮蓬頭流出的冷冰冰的水，她便瞬間找回了冷靜。

「我一個人在胡思亂想什麼啊？」

女子的心動消失前一刻，夢境百貨一樓大廳的前檯響起通知聲。

叮咚——

二○一號客人已支付款項。

「出現喜歡的人之夢」的費用已轉換爲少量的「心動」。

「這套系統和金庫裡的那些瓶子是連動的，對吧？」

「沒錯，妳總算弄懂了啊。現在的世界進步了很多，以前親自搬運瓶子而灑落的量更多。每次收到夢境費的時候，都要拿著天秤到處測量，一天就這麼過去了。」

「不過，達樂古特先生到底要把那瓶『心動』用在哪呢？」

佩妮很在意前幾天拿去銀行最後又帶回來的瓶子。而那個瓶子仍然放在前檯。

「會讓達樂古特用到那瓶心動的事情，一定是要緊事。」

薇瑟阿姨自信地說。

女子上班後，努力拋開雜念，專心工作。因爲她愈是思考那個男子出現在夢中的理由，得到的結論愈令她難以接受。

「我在單戀嗎？」

這時，隔板的另一頭傳來部長的聲音。

「雅英，今天不是玄鍾碩先生來開會的日子嗎？」

早上九點五十五分。女子感到訝異，他向來是提早十分鐘準時抵達會議室的人，就算遲到應該也會聯絡一聲。就在這個時候，女子座位上的電話鈴聲響了。

「是，我是技術支援部門的鄭雅英。」

「您好！我是鈦克科技公司的玄鍾碩。」

電話另一頭傳來跑得上氣不接下氣的男子喘氣聲。

「我把資料放在車上了。我十點之前會抵達。」

「啊，好。」

女子覺得剛才的回答太過冷漠，趕緊補一句。

「部長要我跟您說路上小心，慢慢來就好。」

「啊，謝謝！」

通話都結束好一會了，女子還握著電話筒。一聽到比平常稍微上揚的語氣，她又情不自禁地感到心動了。

「算了，在工作場合還是好好工作吧。」

女子繼續專心工作。

十點整，男子打開辦公室的門走進來。女子用餘光瞄了他一眼，不想和他四目交接。都說了讓他慢慢來，但男子的雙頰泛紅，似乎是一路跑過來的。

男子左顧右盼，尋找某人。然後旋即和一時大意的女子對到眼。

女子還來不及迴避視線，男子就燦爛微笑，用眼神打了招呼。他的兩邊臉頰露出深深的酒窩。

「有酒窩太犯規了吧？」

女子現在不得不承認自己有喜歡的人了。

男子自從早上醒來就心煩意亂。昨晚夢到前女友了，所以從睡夢中醒來後不是很舒服。那是很久以前的事，都不記得是因爲誰的錯而分手的了，就算夢到前女友，也沒有任何的想念或迷戀。只是，過了這麼久還會夢到前女友這一點，讓他很不痛快。最近這陣子前女友更常在夢裡出現了。

「眞是惹人厭的潛意識。」

那天，開車的時候也是因爲心不在焉，所以才不小心把會議資料留在車上。男子眞的不想開會遲到。即將三十歲的他，眞的不希望三十歲的自己是個沒談過戀愛，工作方面也是馬馬虎虎，在約定時間遲到的人。

男子又奔回停車場，同時跟廠商打電話。

幾聲嘟嘟——後喀噠一聲，客戶那邊的女員工接起電話。

「是，我是技術支援部門的鄭雅英。」

「您好！我是鈦克科技公司的玄鍾碩。」

氣喘吁吁的滑稽聲完完整整地透過電話線傳向女子那端。

眞是醜態百出。男子爲了掩飾喘氣聲，用比平常更大的聲音回答。

「我把資料放在車上了。我十點之前會抵達。」

「啊，好。」女子簡短答道。男子正想掛掉電話，又傳來女子的聲音。

「部長要我跟您說路上小心，慢慢來就好。」

「啊，謝謝！」

聽到女子的和藹口氣，那一瞬間，男子彷彿得到了爲今天加油的力量。

「您好，歡迎光臨。」

佩妮一眼認出那名男客人。他最近一直買走二樓回憶區販售的「出現舊情人之夢」。

「今天也要一樣的夢嗎？」

「對，請給我一樣的夢。」男子呆呆地回答。

佩妮打算帶他去二樓的時候，在附近的達樂古特擋下男客人。

「您現在似乎不需要再做這個夢了。」

「嗯？」

「您可能不記得了，但是兩年前您拜託過我給您前女友出現的夢。」

「我有嗎？兩年前的話……應該是我和她剛分手沒多久的時候。」

「是的。而且您有好一陣子做夢之後哭著醒來，對吧？」

「對，當時的確是這樣。我很快就走出情傷，很長一段時間沒有夢到她了。」

男子接著回答，這才一臉訝異，覺得哪裡怪怪的。

「可是爲什麼最近我又在做這個夢了？」

「是您拜託我的。您說現在好像可以展開新的戀情，但是想要確認看看是不是眞的放下了。所以我才會推薦『出現舊情人之夢』給您。」

「原來如此。」

「而且您一直沒有付夢境費。也就是說，您就算夢到了前女友，也感覺不到什麼特別的情緒。」

「所以我們應該收取的夢境費算是打水漂了。」

薇瑟阿姨插嘴。

「聽到了吧？所以我們現在不能賣您這個夢，因爲您應該什麼情緒也感覺不到。」

對於達樂古特的話，男子難爲情地回答：「那今天我先告辭了。」

「喝一杯茶再走吧？漫漫長夜，有需要急著離開嗎？」

達樂古特厚著臉皮挽留男子。接著拿起放在前檯的那瓶「心動」，打開蓋子，瓶口冒出粉紅色的煙。他將瓶中液體倒進茶杯，遞給男子。

「全喝光了吧。」

喝完茶的男子離開商店，步伐比進來的時候輕快許多，接著便悄然消失。

「達樂古特先生，您怎麼可以讓客人喝光昂貴的『心動』啊？」佩妮露出可惜得要命的表情。

「妳不是說單戀讓人很難過嗎？」

佩妮驚訝得張大了嘴巴。

「所以那位客人是二〇一號常客喜歡的人？」

達樂古特簡短有力地點頭，彷彿在說爲什麼要問這麼理所當然的問題。

「您是怎麼知道的啊？」

「等妳經營百貨三十年以上，妳自然就會知道了。」

男子隔天神清氣爽地醒過來。令人愉快的怦然心動，如果有哪個日子特別適合宣告新的開始，大概非今天莫屬。手機插上充電線，一邊哼歌，一邊去洗澡。

蓮蓬頭的水聲和男子的歌唱聲，讓整個家裡熱鬧不已。此時，手機響起簡訊通知鈴聲，鎖定畫面只能看到長篇簡訊的開頭。

「您有一則未讀簡訊。」

「您好，我是鄭雅英。請問……您還記得我嗎？」

「妳跟現在的男朋友是怎麼開始交往的？」

「我很喜歡他，所以就先聯絡他了。問他能不能一起吃個飯。」

「眞的嗎？依妳的個性，做不出來那種事啊？」

「就是說啊。可能是因爲我太心急，所以連個性都變了。」

「妳不怕被對方拒絕嗎？」

「我更怕他覺得我是個怪人，而且我還是他們公司的客戶。」

「哇，眞的還假的？看來妳很喜歡他。」

「當時我傳完簡訊就關機了，因爲我很怕沒有回覆。我大概過了兩個小時才又開機。總之，後來他和我說哪有人主動聯絡完就消失的。」

「那妳現在覺得怎麼樣？當初先聯絡他是對的嗎？」

「廢話。這都可以列入我出生以來做過最對的事前五名了。不，應該是前三名才對？」

第三章
預知夢

在七月的某個晴朗早晨，佩妮的工作正式邁入第三個月。準備開始做生意的商人、忙碌的夜光獸在街上四處回收人們隨地脫下的租用睡袍。佩妮在咖啡廳呼嚕呼嚕喝下豆乳拿鐵後，準備要去上班。抵達店門口的時候，發現自己今天來得挺早的。

由於二十四小時不打烊的特殊性，全體員工都要在特定的時間輪班，所以佩妮不需要提早進去。她決定在陽光底下多享受一刻悠閒時光。邊逛邊玩，仔細觀察在街道中心大放光采的五層樓木造建築——「夢境百貨」，看起來果然更棒了。

但是這難得的悠閒時光沒有持續太久。

「喂，佩妮！妳來得真早。快進來幫幫忙！」

店門突然打開，二樓樓管維果．邁爾斯朝佩妮大喊。他一手拿著軟掉的水蜜桃，一手不停搧風，彷彿快熱死了。

「啊……好、好的！」

佩妮一頭霧水地回答，走入店裡。

店裡瀰漫著先前不曾聞到的酸溜溜的水果味。一樓裝飾了一串串的各類水果，有水蜜桃、杏桃和果肉飽滿的葡萄等等。要不是有面熟的員工在，佩妮還以爲自己走錯路，來到了陌生農夫的水果園。

除了維果·邁爾斯之外，從各個樓層挑出來的幾名員工也來到大廳，忙著掛上水果，裝飾葉子，處理弄髒地板的落果。而且其中還有幾名令人意外的小幫手。

「毛泰日，拜託你快讓矮精靈回自己的店裡去。你幹麼叫他們來啊？」

三樓樓管莫格貝莉沒好氣地對毛泰日說。

「莫格貝莉樓管，我想說隔壁就有會飛天的朋友，又何必自己爬梯子上去，所以才會叫他們過來幫忙。他們也爽快地答應了。妳看，他們不是做得很認眞嗎！」

毛泰日指向天花板。

巴掌大小的矮妖精，兩兩一組，努力地把和自己身體一樣大的葡萄掛到大廳天花板上。不過，光是掉到地上的葡萄，佩妮就看到了五串。甚至有一串還砸到路過的客人頭上。

「哎呀！」

「我的天啊，抱歉。客人，您沒事吧？如您所見，大廳現在一片狼藉，您還是先到樓上逛逛比較好。」

在客人旁邊的薇瑟阿姨代爲道歉。

「這是怎麼回事啊？」佩妮撿起掉落的葡萄問道。

「今天是貴客大駕光臨的日子，妳沒聽說嗎？」

莫格貝莉一邊折水果箱一邊回答。她的頭髮細毛今天更加毛躁，幾乎全蹦了出來，頭髮都快散開來了。

「是哪位貴客要來啊……？」

佩妮的提問淹沒在莫格貝莉的大聲斥責之中。

「這個、那個，全部都要丟掉。可可女士看到這些的話會說什麼?保存期限不是都超過好一陣子了嗎?!」

莫格貝莉大喊。她停止處理水果箱，開始整理大廳的那一堆夢境盒。

佩妮二話不說，捲起袖子幫忙莫格貝莉。那杯還沒喝完的豆乳拿鐵則是放在前檯上，慢慢冷掉。佩妮下定決心，從下次開始，上班時間之前不要再在店門口閒晃了。

「莫格貝莉樓管，別丟掉啊，都給我吧。放到五樓甩賣的話，會賣得很好的！」

毛泰日嘴裡吃著裝飾完剩下的葡萄，白目地插嘴。穿著短袖圓領衫和小巧皮背心的矮精靈也在他身邊盤旋，一人抱著一顆葡萄吃。

「噢，拜託，毛泰日。就算五樓賣的是便宜的夢境，這也太過分了吧？這種夢境無論是場面、味道還是顏色，都是斷斷續續的，不知道會夢到怎樣的內容。這種東西你也不該拿來賣吧。達樂古特先生知道的話，會大發脾氣的。而且要是被頌兒·可可知道我們店裡販賣這種劣質夢境的話……我光是想像就害怕。她肯定不會再想要和我們交易了。」

「反正大部分的客人醒來之後也想不起來啊……」

「沒錯、沒錯。」矮精靈幫腔。

矮精靈本來還想說下去，但是看到莫格貝莉殺氣騰騰、皺起眉頭的樣子，便閉上了嘴巴。方才對話中提到的那個名字，佩妮聽得一清二楚。

「頌兒．可可？她今天要來？」

「嗯，她真的很久沒來了。所以我們才會特別布置成她喜歡的氣氛。她非常愛吃酸酸甜甜的水果。這次在達樂古特先生的拜託之下，她還帶來了許多夢境！在這樣的日子裡我真的好興奮，幸好我在這裡工作，不然我們什麼時候才能親眼見到頌兒．可可啊？」

說到頌兒．可可，她是在年末夢境頒獎典禮上拿過十幾次大獎的傳奇製夢師之一。也是唯一製作「胎夢」的製夢師，是一位深受眾人喜愛的知名人士。就像莫格貝莉所說的，佩妮只在雜誌或電視上看過她，本人是一次也沒看到過，更從未想過有一天可以實際見到。

「好了、好了，就做到這裡，現在該下班的人下班吧。眞是的，事情好像搞得太大了。」

還以爲人在辦公室的達樂古特，從堆積如山的空箱子之間冒出頭來。他沒有穿平常愛穿的襯衫和開襟衫，而是穿了工作外套。他穿著寬鬆衣服，看起來比平常還瘦。

「您一直在這裡嗎？」

佩妮清開擋住他去路的箱子。

「說要爲頌兒．可可裝飾大廳是我的主意。我說在入口處掛幾個假水果就好了，沒想到事情會搞得這麼大啊。好啦，大家都下班吧。快下班！」

不知道是不是腰痛，達樂古特用手背揉了揉尾椎。

但是，他都發話要員工下班了，大家還是動也不動。已經無法用文風不動來形容，員工彷彿看到了什麼東西，個個目瞪口呆，僵硬如石。

佩妮望向他們的視線停留的方向，然後和站在門外、身軀嬌小的老奶奶四目交接。她正要和隨行人員一起走入店內。

佩妮現在知道爲什麼大家會僵硬得像石頭了。嬌小的頌兒．可可散發出來的氣場令眾人瞠目結舌。神祕怪異的氣場，就像時間只在她的周圍倒轉又快速流逝那般。她的一舉一動看起來就像慢動作，但是一回過神來，人已經在店裡了。

「頌兒！妳過得還好嗎？」達樂古特開心地迎接她。

「我的老朋友啊，這是我在上次例行會議後第一次見到你。噢，水果的香味！店裡的氣氛眞是……令人著迷。」

頌兒．可可看著一串串掛起來的水果驚嘆。

達樂古特用沾了塵土的手和她握手。

其他員工看到頌兒．可可，激動地雙手摀嘴。就連飛得團團轉的矮妖精也停在半空中。

幸運的佩妮站得離他們比較近，聞到頌兒．可可身上那股清新的水果香，比裝飾水果的味道還要豐富濃烈。頌兒．可可面相溫和，和臉上隨處可見的深皺紋相比之下，圓潤微紅的雙頰就像白嫩嫩的嬰兒臉頰。

跟在後面進來店裡的隨行人員，雙手提著用高級絲綢包袱包起來的沉重行李。

「達樂古特，這是說好要給你的東西。雖然沒什麼看頭，但還是麻煩你好好賣掉啦，雖然不用我說你也會這麼做。」

「沒什麼看頭？這是多麼珍貴的禮物呀，謝謝妳託付給我們。」

達樂古特拿起一包來看並回答。

佩妮對這個情況太好奇了，嘴巴癢得很。

「莫格貝莉樓管，那些都是胎夢嗎？據我所知，胎夢都是預約販售的，可以像這樣事先做好拿來賣嗎？」

莫格貝莉忙著瞧絲綢包袱，好像沒聽到佩妮的話。

「樓管？所以我的意思是，不是要有人懷孕才能做胎夢嗎？她怎麼知道誰會懷孕而事先做好呢？」

佩妮愈說愈吃驚。這麼說來，胎夢本身就很奇怪。聽說做夢者通常都是在不知道自己懷孕的情況下夢到胎夢的。這眞的有可能嗎？

「那個不是胎夢，是製作胎夢後剩餘的東西。」

莫格貝莉就像被催眠的人一樣，緊盯包袱，張大嘴巴。

「製作完剩下的東西？那種東西要用在哪啊？」

「妳剛才不是問了嗎？她是怎麼知道誰會懷孕的？」

莫格貝莉的眼睛瞇起來，像說出故事高潮之前賣關子的說書人。

「對啊，我仔細一想覺得很奇怪。在夢裡加入會有小孩出生的未來事件的夢……」

「就是那個，未來事件。」

「嗯？」

「胎夢是一種預知夢。就是事先知道誰會懷孕，再製作成夢境。」

「預知夢？」佩妮無法置信。

「我也不是很確定，但是聽說頌兒．可可是大徒弟的後裔。就是那個在《時間之神與三個徒弟》裡負責掌管『未來』的大徒弟。妳也看過那本書吧？總之，雖然頌兒．可可的腦海裡不會湧現未來的場面，但是她可以感覺到片段的場面或重大事件的氣息。尤其是對新生命氣息的感覺最爲強烈，所以她才有辦法製作胎夢。這眞的很神奇吧？」

「這樣的話，那是……？」

佩妮指了指頌兒．可可的包袱。

「沒錯，就算是做胎夢剩下的東西，也一定是預知夢！」

「眞不敢相信！」

佩妮現在不僅身處大徒弟和三徒弟的後代子孫和睦聊天的歷史現場，更是身在觸手可及之處堆滿預知夢的神奇場合。佩妮感覺自己像是擠進了神祕童話的某個場景裡。

「那個眞的是預知夢嗎？只要有了那個，我也可以看到我的未來嗎？」

佩妮張大嘴巴，開始在腦海裡描繪不知其名的未來老公。

「這麼快就要走了？好可惜啊。」

打斷佩妮思緒的是達樂古特沮喪的聲音。

「還有很多夫妻在等我的夢，我得努力工作啊。再過幾個月就要開例行會議了，到時候見吧。總之，達樂古特，見到你我很開心！還有謝謝各位員工，我看你們為了我這老太婆，吃了不少苦頭吧。」

頌兒．可可微笑，輪流看向一串串掛起來的水果裝飾和大汗淋漓的員工。員工大力搖頭，表示一點也不辛苦。

「那妳至少拿走水果吧。我們會快點裝好，妳帶回去吃吧。」

達樂古特才剛說完，可可的隨行人員立刻摘下水果裝飾，裝滿了箱子。

「要送掉的話，還不如一開始就送整箱水果，這樣地板也不會被弄髒了，豈不是更好？」

二樓的邁爾斯一邊用手帕擦拭被水蜜桃汁沾得黏糊糊的手掌，一邊喃喃自語。

頌兒．可可和隨行人員回去後，在二樓員工的鼎力相助之下，大廳瞬間恢復成原本的乾淨模樣。幫完忙的員工一派輕鬆地回到了二樓。

還有些留下來的員工目光緊盯著頌兒．可可留下的包袱，非得等達樂古特三催四請，他們才肯離開。之後，達樂古特開始和薇瑟阿姨還有佩妮一起整理包袱。

「不管怎麼看，我還是不敢置信。這就是……」

「看來妳也眼饞這個夢啊？」

「噢，阿姨，那是當然的啊！任誰都會想要！」

佩妮有點激動，聲音大了些。

三人從包袱拿出夢境盒，放到空貨架上。接著佩妮在紙上工整地寫字貼上，做好販售的準備。

「預知夢」已進貨，數量有限。

幾個小時後，夾在對預知夢垂涎三尺的客人和不願輕易出售的達樂古特之間，佩妮陷入左右為難的情況。一反往常慣例，達樂古特今天沒有回到辦公室，而是一直在預知夢周圍打轉，妨礙銷售。

「我要一個預知夢。不對，我要兩個。」

「不好意思，請問您想在夢裡看到怎樣的未來呢？」

「一定要跟你說嗎？」

「因爲這個夢境得賣給有迫切需要的人。如您所見，數量並不多。」

「我想看看這個禮拜的樂透中獎號碼。」

「不好意思，客人。如果您的用途是這個，恕我不能賣給您。」

「什麼？幹麼問那麼多，你們現在是看人賣東西嗎？」

看到客人勃然大怒，佩妮忐忑不安，趕快介紹其他夢境。

「這個夢境怎麼樣？是地球毀滅的夢，您會成爲最後僅存的人類喔。想必能讓您感受到非凡的體驗。」

「算了。」客人果斷拒絕。

繼想預知何時可以考上公務員的客人，以及想看看未來老婆的客人之後，這次客人也是生氣地拂袖而去。佩妮回到前檯，氣呼呼地說：

「再這樣下去，一個都賣不掉了啦。」

「妳等著看吧。」薇瑟不以爲意。

「頌兒·可可爲什麼要供貨給達樂古特先生呢？他好像不是很想賣啊。」

佩妮小心措辭，深怕聽起來像是在罵達樂古特。

「頌兒・可可從來都不覺得自己的夢好到能大賣。她之所以只供貨給我們，不是因爲精挑細選過商家，而是因爲她本來就很不好意思把自己的夢賣給別人，所以她才會供貨給老朋友達樂古特。」

「怎麼會？這是預知夢耶？她太謙虛了。」

「那也要有能力挑選想看的未來來看啊，只是就連她也沒有這個本領。她頂多只能看到未來的某個場面，而且非常短暫，彈指之間。」

「可是，可以看到未來還是很厲害啊。」

「是嗎？果眞如此嗎？就算無法獲得想要的資訊也是？就只是看到的一個場景，譬如說，眼前晃過一個沒接到棒球的小鬼頭，或是盯著煮沸的紅茶。如果是看到這種日常畫面，妳還會覺得很厲害嗎？」

「不……不是這種稀鬆平常的場景啦。」

「那些夢就是這麼稀鬆平常。但是依據賣出的對象，夢境也有可能變得特別一點。」

薇瑟阿姨調皮地微笑，看起來就和達樂古特常做的表情一模一樣。佩妮現在好像知道達樂古特和薇瑟阿姨怎麼有辦法維持三十多年的工作默契了。

達樂古特依舊堅守在「預知夢」貨架前面。雖然他一直趕走客人，但是看起來一點也不著急。

奈琳的志願是成爲電影編劇。她長久以來都在電影院打工，因爲工讀生可以免費看電影。對她來說，這裡既可以一邊看免費電影，又能一邊回味製作精良的電影劇本或聽到最即時的觀眾評價，簡直是再好不過的工作。

「謝謝光臨，請慢走。」

電影放映結束後，奈琳站在出口送觀眾離場。最後離開放映廳的兩位客人，看起來像是一對情侶。

「你覺得麼樣？我覺得這片很普通。」

「內容不是很老套嗎？只有演員不一樣，情節全部好像都在哪裡看過，素材也很類似。」

聽到客人的想法和自己所見略同，奈琳立刻在內心猛點頭，還想像了如果自己是編劇的話，就會怎麼鋪陳劇情。她清掃椅子扶手底下的爆米花碎屑時，滿腦子想到的也全是劇本。

對於自己的第一部作品，奈琳很想寫跟戀愛有關的劇本。她喜歡愛情電影的海報所擁有的獨特活潑風格，也喜歡愛情電影可以取新穎的片名這一點。

而且周圍到處都有不錯的戀愛故事。在餐飲兌換處工作的A小姐和售票窗口的B先生用彼此才知道的手勢祕密傳愛，很會烤奶油魷魚的C先生和停車場管理人員D小姐的故事也很有趣。不過，這些故事都太平凡了，不足以寫成劇本。讓平凡的電影變得特別的那個要素，奈琳現在一時還想不到。

「奈琳，今天下班之後妳有什麼安排嗎？」

在前面清掃玉米脆片碎屑的兼職同事問。

「今天我和高中朋友約好要吃晚餐。怎麼了嗎？」

「聽說這附近有一間很準的占卜店，我已經預約好了。但是我一個人去有點緊張，所以才想問妳要不要一起去。妳不是說妳的夢想是當編劇嗎？妳不好奇自己會不會成爲成功的編劇嗎？下次和我一起去看看吧？」

「我就算了。」

遭到奈琳拒絕的同事露出冷冷的表情。

「哎喲，那種事提前知道的話就不好玩了啊，不是嗎？」

奈琳溫柔地安撫同事。

下班後趕去和朋友吃晚餐的奈琳，雙眼發亮地聽著有趣的故事。那就是十年知己雅英的最新戀愛消息。

「所以說那個男的一直出現在妳的夢裡？」

「連續出現好幾晚，害我開始思考自己是不是眞的喜歡他。」

「所以妳甚至主動去聯絡他？妳？自尊心出了名超強的鄭雅英？」

「不管怎麼想，與其靜觀不變，還是要做點什麼才比較有可能發展啊。自尊心又不能當飯吃。」

「眞有妳的。那你們現在決定要正式交往了？」

「嗯，上個禮拜開始交往的。我現在還有點暈頭轉向。」

「稍微修改一下，應該就能寫出一部還不錯的戀愛電影喲？」

「寫成劇本的話，劇情不會太弱嗎？我們之間聊聊是很有趣，但是要寫成電影的話，好像又太普通了。」

「可能是因爲我很久沒有談戀愛了吧，所以別人的戀情在我眼裡看起來都像電影。」

奈琳攪拌盤子裡冷掉的咖哩，長嘆一口氣。

兩人離開餐廳，各自回家。

奈琳躺在鐵床架的床墊上，入睡前一刻還在絞盡腦汁想點子。

「就沒有什麼好素材嗎？」

「歡迎光臨。」

「您好，歡迎光臨。」

有別於朝氣蓬勃的達樂古特，佩妮用有氣無力的聲音迎接客人。

因爲直到剛才爲止，光是來買預知夢又被達樂古特打發走的客人就超過三百人了。佩妮現在的精神狀態疲憊不堪。

「請問您要找什麼夢？」

「我想做有趣的夢，可以當作故事素材的更好。」

客人掃視了一圈擺放販售限定商品的貨架。就算預知夢在她觸目可及的地方堆得尖尖的，她也不怎麼感興趣，反倒仔細端詳隨意堆放在箱子裡的賣不掉的夢境。佩妮察覺到達樂古特正在留意觀察這位客人。果不其然，達樂古特湊近一步，主動跟對方搭話。

「您在準備劇本徵件競賽，對吧？」

「您認識我嗎？」奈琳反問。

「對呀，所有來過的客人我都記得。」

「噢，抱歉。我不記得和您說過話。」

「那是正常的。不過，沒關係。其實，過去兩年以來，您幾乎把這裡的夢都夢過一遍了。」

奈琳勉強自己回憶，稍稍皺眉，很快就轉變成失望的神情。

「聽您這麼一說，好像是這樣。看來其中沒有值得當作劇本素材的夢吧。新穎的故事我還是寫不出來。」

「其實啊，是有一個您還沒有做過的有趣的夢……」

「什麼夢？」

「那個夢……」達樂古特爲了呈現戲劇性效果，慢一拍才補上。「就是『預知夢』。」

「我對那個不感興趣。」

奈琳無精打采地回絕了達樂古特的提議。

佩妮覺得客人的反應很神奇。

「您不想做預知夢嗎？」

「提前知道內容的話，就不好玩了啊。無論是電影，還是人生。我最討厭爆雷了。」

「您難道不好奇自己會不會成爲有名的編劇？」

「一點也不。我反而覺得提前知道的話，會變得不幸。就算可以看到美好的未來，也不能保證那是眞的，說不定我還會因此懈怠懶惰。又如果事情沒按照夢境的內容發展，那肯定是會很沮喪的。」

「您的意思是，雖然其他人都很好奇自己的最終目的地，但您卻不想知道？」

這次是薇瑟阿姨的提問。在佩妮看來，薇瑟阿姨和達樂古特兩人現在非常興奮。

「目的地？人又不是朝終點飛奔而去的自動駕駛車，不是嗎？親自發動車子，踩下油門，偶爾剎個車，如此領悟到活下去的方法，這才是最好的。成爲知名編劇不是我人生的全部。我喜歡一邊寫劇本，一邊生活。那麼，無論是抵達海邊還是沙漠，到時候我都會有所領悟吧。」

達樂古特快把客人給看穿了。

「我的回答是不是太冗長了？」

奈琳難爲情地摸摸鼻子。

「一點也不，這段話令我印象深刻。所以說，您覺得專注於當下的話，自然就會出現與之呼應的未來。」

「沒錯！我就是那個意思。」

奈琳充滿自信的回答令達樂古特笑逐顏開。

「那樣的話，我更要推薦您這個預知夢了。請放心，您不會看到不想看到的未來。雖然會看到一剎那的未來，但是您會連那個都忘記的。」

「如果全部都會忘光光的話，爲什麼還要推薦我這個夢呢？」

「這個嘛，因爲您說不定哪天會突然想起來。您就當作是被騙，買一個回去看看吧。費用跟往常一樣事後支付就可以了，所以您不用擔心。」

「這個夢看起來很貴耶……這麼突然地賣給我，要是我沒付錢的話，怎麼辦？」

「您從未有過沒付錢的紀錄。您是個情感豐富的人，反而是我們沾光了。佩妮，拿一個預知夢給這位客人。」

不久後，奈琳收下佩妮給的包袱，一邊歪頭一邊走出商店。

「仔細想想，達樂古特先生也有愛跟人唱反調的一面呢。」

佩妮對著拍掉貨架上灰塵的達樂古特說。

「妳覺得我的銷售方式很奇怪嗎？」

「因爲說要買的客人您不賣，偏偏要塞到說不買的客人手中啊。」

「頌兒製作的預知夢啊，對想看到未來的客人來說，是會令他們失望的商品，但是對於不抱任何期待的客人來說，那反而是意想不到的小禮物。」

「我不太懂耶。」

「等妳跟我一樣，在店裡工作久了，妳就會知道了。」

「我還正想著今天您怎麼沒說這句話。」佩妮氣呼呼地回嘴。

奈琳做了一段很短的預知夢，但是隔天早上醒來什麼也不記得。之後整整一週都在思考新劇本的內容，不知爲何，朋友雅英的故事始終在她腦海裡盤旋，所以她最後決定以此爲素材。

「這個眞的可以寫成劇本嗎？」

「夢裡的那個男子，不是很浪漫嗎？」

「我怎麼想都覺得這個素材太無聊了，就算妳在臺詞或角色下足功夫也一樣。」

奈琳和雅英在上次來過的咖哩專賣店一邊吃晚餐，一邊討論奈琳的新劇本。兩人各自陷入思考，想著有沒有什麼元素能讓故事變得特別。

奈琳用叉子將盤子裡剩餘的胡蘿蔔塊切碎，雅英摸著餐墊。就在此時，雅英放在桌上的手機來了電話。手機畫面顯示「鍾碩」二字。奈琳緩緩地將眼前發生的一切看在眼裡。

就在這個時候，她的腦海突然快速地填滿關於這個情況的故事，被驚人的鮮明既視感籠罩全身。

軟爛的胡蘿蔔塊、雅英正在摸的餐墊折起來的模樣，還有碰巧在此時響起的手機和畫面所顯示的雅英男友名字。奈琳有股奇怪的感覺。她甚至早就知道叫做「鍾碩」的人是雅英的男朋友，即使雅英從來沒跟她提過男朋友的姓名。

「男朋友？」奈琳低聲詢問。

雅英輕輕點頭，接起電話。

奈琳突然感覺到原本胡亂四散於腦海的劇本場景，完整地拼湊在一塊了。然後興奮地對和鍾碩短暫通完電話的雅英大喊。

「既視感!!」

「嗯？什麼？」

「我剛剛體驗到既視感了！妳男友打電話來的這個畫面，我好像事先在夢裡看過了。」

「真的嗎？太神奇了吧！」

短短幾秒內，奈琳靈光乍現。彷彿腦海中早就備妥了劇本，一連串的想法變得井然有序。她開口道：

「妳覺得這個怎樣？我想寫主角可以在夢裡預見某個人和另一個人墜入愛河，最後成爲戀愛顧問的故事。就像現在妳和鍾碩交往的場面，我已經在夢裡看到過了。自己明明沒談過戀愛，卻能看到和別人的戀愛史有關的預知夢的顧問！」

奈琳一想到之後要寫的新劇本，一顆心就撲通撲通狂跳。

叮咚——

一〇一一號客人已支付款項。

「預知夢」的費用已轉換爲少量的「心動」。

「薇瑟阿姨！上個禮拜賣掉的那些預知夢啊，客人們開始支付夢境費了。」

「是喔？那眞是太好了。頌兒．可可也差不多要來收款了，明天先換成現金吧。」

這段期間以來，有幾位類型和奈琳相似的客人來過店裡。他們都對預知夢沒什麼興趣，但是在達樂古特的勸說之下買了回去。

叮咚——

「預知夢」的費用已轉換爲少量的「神奇」。

「預知夢」的費用已轉換爲少量的「好奇心」。

「各式各樣的夢境費都有耶。您看，還有神奇和好奇心。」

「我看看。」

在背後擦拭眼皮秤的達樂古特也產生了興趣。

「眞是太棒了。夢境的價値，果然是取決於客人自己。」

他點擊滑鼠，一個一個查看通知視窗。

「達樂古特，剛才那個好像是更新通知視窗……你該不會關掉了吧？系統得持續偵測病毒和更新耶。」薇瑟阿姨不放心地盯著。

「那是因爲視窗太常跳出來啦。」

「你說什麼？」

「沒什麼。薇瑟……」達樂古特閃爍其詞。

「不過，『既視感』是什麼啊？」

佩妮正在看一則顯示於畫面的商品使用心得，發現了一個不知道的單字。

「客人的心得清一色都是『既視感』的體驗，很神奇。」

「Deja-vu！就是『似曾相識』的意思。那是指雖然才第一次經歷，卻好像已經看過的現象。有趣吧？客人還替我們販售的預知夢殘料取了如此美麗的名字。眞的好有創意！」

達樂古特感嘆。

「佩妮，妳知道嗎？大部分的客人都覺得既視感很神奇，但是他們只會覺得那是大腦的錯覺而不予理會。」

薇瑟阿姨說。

「真的嗎？哎，那也太無聊了吧。我們這麼賣力地販售預知夢，大腦竟然只做出這樣的反應而已……」

看到佩妮垂頭喪氣地撓脖子，達樂古特哈哈大笑。

「那才是重點啊！就算客人看到了未來，也沒人感到困惑，不是嗎？」

「那是當然的啊，因爲他們沒看到什麼東西啊。」

佩妮心想他在開玩笑嗎？

「那就夠了。」

達樂古特笑著站起來。

「口好渴。我要做一杯涼爽的氣泡水來喝。今天就來特別加幾滴剛才進帳的『好奇心』吧？」

「正因如此，頌兒．可可才會拿夢境殘料來我們店裡賣。其他店不知道要怎麼賣才好，所以都不願意經手販售。」

薇瑟低聲說。

想到達樂古特耐心等待客人上門，不把預知夢隨便賣給任何人的情景，佩妮閃過一絲懷疑，他會不會才是那個眞正能預見未來的人？

「好想打開達樂古特先生的頭來看看喔。」

佩妮喃喃自語。

去倉庫的達樂古特很快就回來了。

「我大概滴了兩滴新鮮的『好奇心』。這杯給妳，妳喝喝看吧。」

達樂古特遞上的檸檬汽水呈現清澈的藍色，就像在大海裡浸泡過一樣。佩妮接下檸檬汽水，咕嚕咕嚕喝下去。刺激的酸甜味道在嘴裡蔓延開來。比起好奇心，更多的是愉快感。

佩妮突然感覺自己湧起一股熱忱。

「達樂古特先生，我很想研究看看頌兒·可可女士的夢。我想知道的事情太多了。」佩妮燃起學習的熱情。

「說不定研究研究著，我也能創造出預知夢。可以清楚預見未來，就像傳說故事講的那樣！」

「妳想研究就去研究……但是，至今已有多少人浪費生命投入在這個研究上面，這點不用我多說妳也很清楚吧？」達樂古特意味深長地說。

「這裡頭沒有妳想像中的宏偉未來，只有快樂的當下，今夜的夢。」

達樂古特拿著檸檬汽水，悠哉地消失於客人之中。

第四章 創傷的退貨請求

佩妮和薇瑟阿姨很晚才吃午餐，正在員工休息室慵懶地休息。

「前檯我來顧，別擔心。妳們快去吃飯吧。」

多虧達樂古特爽快地接下前檯的工作，兩人才能享受這難得的悠閒時光。佩妮靠在舊沙發上伸懶腰。

除了兩人之外，休息室還有別著數字「4」的胸針，正在吃便當的員工圍坐在長桌旁，一群人邊用餐邊聊天。佩妮仔細聆聽，看他們是不是在聊最近員工之間盛傳的「那個謠言」，結果不是。

「吃完就得回到四樓，我要盡量吃慢一點。」

戴眼鏡的員工哀傷地說。

「要是史皮杜先生的出差行程，永遠都不會結束就好了……」

「他才回來半天……我就覺得度日如年。」

坐在對面的員工吃著炒飯，一粒一粒，細嚼慢嚥。休息室的門突然被打開，他手上的筷子跟著掉下來。

「原來大家都在這裡啊！」

進來的人正是四樓樓管史皮杜。他今天穿的是螢光色的連身褲，看來他有很多件顏色不一樣但款式相同的連身褲。

「我差點就要一個人吃飯了！原來我們四樓的員工也都在這裡。你吃的是蛋炒飯嗎？要是加一點肉絲還有芹菜下去炒，應該會很好吃。不過，我看你沒加菜也吃得有滋有味？哎喲，這個不是保溫便當盒啊，我有一個保溫便當盒才花了我一金夢幣九十九錫爾。啊，好，我再傳購物網站的連結給你。不用太感謝我。」

史皮杜喋喋不休地說，四樓員工紛紛慢條斯理地蓋上便當盒。

「怎麼了？你們不吃了啊？」

「我不餓。」

「你才吃一半耶？」

「我想上樓工作，我先回去做事吧。」

「這麼優秀……好，我也會快點吃完上去的。」

員工離開休息室之前，露出可憐巴巴的眼神，拜託佩妮二人拖住史皮杜十分鐘以上。

「史皮杜，出差還順利嗎？聽說你在午睡研究中心工作了兩個禮拜？應該學到了很多吧。」

「哦，薇瑟阿姨，還有佩妮，妳還跟在阿姨旁邊做事啊，就像還無法獨當一面的小雞仔。」史皮杜坐了下來，撕開三角飯糰的包裝紙。

「雖然那裡號稱是研究中心，但是提供給我研究的都是我會的東西，所以沒學到什麼。反而是我指導了他們。」

史皮杜嘴裡吃著飯糰，仍不忘繼續說話，所以飯粒四處噴濺。佩妮悄悄站得離他遠一點。

「慢慢吃啦，史皮杜。不過，你不是向來受不了別人吃飯太慢，所以喜歡一個人吃嗎？今天怎麼來休息室了？」

「說到這個，就是因爲我去出差的時候，和研究中心的員工一起吃了飯，他們每次吃飯都會大聊理財的事。聽起來很有趣，所以我也不知不覺喜歡上和別人一起用餐了。薇瑟阿姨，您要不要也利用高價情緒理財看看啊？」

「用情緒理財？要怎麼做？」薇瑟產生興趣。

佩妮假裝不感興趣，實則全神灌注地聽著。雖然被偷走一瓶「心動」後，她現在還是很怕去銀行，但是她也工作了一陣子，正是對理財感興趣的時候。

「每年入冬之後，『憤怒』的市價不是都會升到每瓶三十金夢幣嗎？這個您是知道的吧？」

「我當然知道呀。只要往暖爐滴幾滴『憤怒』，逐漸熄滅的柴火就會燒得很旺盛。連續燒一個禮拜都不是問題，超省暖氣費用的。」薇瑟阿姨豎起大拇指。

「我和我老公很喜歡在熊熊燃燒的暖爐前吃冰淇淋。」

「那您仔細聽我說。現在不用花三十金夢幣買『憤怒』了！這是研究中心的員工和我說的，他們叫我趕快買下銀行所有的『混亂』，說那個在今年冬天之前價格會大漲。」

「咦？『混亂』可以拿來幹麼呢？」薇瑟很好奇。

「他們說有了『混亂』，就不必再使用老古董暖爐了，可以盡情地使用瓦斯暖爐。方法是滴幾滴『混亂』到瓦斯管線裡頭流動。那樣的話，暖氣會在一瞬間充滿整個房間。就像空氣亂七八糟地四處蔓延！他們說快要發表相關的論文了，要我趁價格上漲之前趕快買好。」

「我覺得有點奇怪……空氣不是本來就到處蔓延嗎？這該不是他們瞎編的吧？還有，亂動瓦斯管線的話，不會有危險嗎？」佩妮擔心地說。

「您該不會都買下來了吧？」

「買、買了又怎樣！我用每瓶一金夢幣的價格都買下來了！妳幹麼說得好像那些人想捏造事實害我吃大虧？他們怎麼可能開我玩笑？他們又不討厭我！」

佩妮還有很多話想說，但還是忍住了。

薇瑟阿姨一臉惋惜地安慰史皮杜。

「史皮杜，你明天最好和我一起去把所有的錢都換回來。你不要太沮喪了，這個嘗試很有意義。好好努力挖掘的話，看起來不好的情緒也能找到用處。」

史皮杜拍掉黏在連身褲上面的飯粒，無力地站起來。

「可是我覺得價格有可能會上升，要不然我再等等看？兩金夢幣的利潤就很多了……」

薇瑟阿姨堅決地搖搖頭。史皮杜不高興地拖著沉重的步伐離開休息室。

佩妮和薇瑟阿姨也起身，準備回到前檯。佩妮一邊將抱枕放回原位，一邊試探性地開口。其實，她從剛才就在尋找恰當的時機點，想問問店裡流傳的「那個謠言」。

「阿姨，剛才說到不好的情緒，讓我想到了一件事。不好的夢也有用處嗎？」

「妳所謂不好的夢，是指怎樣的夢？」

「就是所謂的惡夢啊……讓人害怕的夢。」

「妳是因爲新簽的合約才這麼問的吧？」薇瑟一下就發現佩妮想問什麼。

「原來您早就知道了！在僻巷製作惡夢的製夢師和達樂古特先生簽約的謠言，都在員工之間傳開來了。這件事是眞的嗎？」

「沒錯，他和僻巷的邁可森簽了新合約。商品很快就會送到三樓了。」

「聽說邁可森整天窩在黑漆漆的工作室製作恐怖駭人的夢……萬一我們因此流失客人，銷售下滑的話怎麼辦？」

「這個嘛，我也不是很清楚達樂古特在想什麼……不過，在不久的將來，他可能會引起一陣騷動。」

大樓頂樓的大型電子看板正在播放新聞。街上人滿爲患，但是又寂若無人。除了新聞主播的聲音，彷彿一切都被消音了，周遭安靜得出奇。漫無目的在街上遊盪的男子抬頭望向電子看板，主播的聲音一下子就清晰地傳入他的腦中。

「死亡人口已經超過出生人口的三倍以上。在這陡峭的人口懸崖時代，今年入伍軍人的人數也創下了史上新低紀錄。爲此，役政署針對未滿三十歲的退伍軍人重新進行全身檢查，推行重新入伍……」

男子嚇到縮成一團，頭暈目眩，緊緊閉上眼睛。他今年二十九歲，服滿兵役，從陸軍退伍已有七年了。

「要推行重新入伍？」

男子爲了搞清楚情況，睜開眼睛，想仔細聽主播的聲音。但是當他再次睜眼的時候，已經換了一個景象。

男子身穿寬鬆的圓領汗衫，人已經來到役政署了。夢中的他對於瞬間發生的場景變換，絲毫未察覺到不自然之處，反而被真的得重新入伍的無情現實壓得喘不過氣。他站在密密麻麻等著接受全身檢查的人群之中，慢慢被周遭的人推擠到前方。不知道為什麼，站在左右兩側的同輩年輕人一臉很開朗的樣子。

「希望我的體格檢測是特優等。」

「我也是，既然要入伍，我希望自己可以待久一點。我天生適合當軍人啊。」

「奇怪了，這是什麼鬼話啊？」男子無法開口說出內心的想法，只覺得一陣暈眩。

男子拚了命想往後退到役政署外頭，但是腳一動也不動，鬱悶得快發瘋了。他咬緊牙關，腿部使力，還是紋絲不動。

瞬間就輪到男子做檢查了。他連嘴巴也張不開，只能默默注視自己的檢查結果。

特優等。

優等前面的那個「特」字非常礙眼。雖然身體健康是好事，但是以現在來說，這是最糟的情況。

場景又變了，男子坐在散發老舊味道的理髮廳椅子上。

他這次也像是被五花大綁在皮椅上，動彈不得。只能勉強用手指刮開無辜的椅子缺損的破口，那裡面跑出來的棉花團觸感栩栩如生。男子忐忑不安地盯著鏡中的理髮師。

「您是特優等對吧？那要當兵三年？看在您是愛國人士的份上，我就破例不收理髮費了。」

擺脫不了要當兵的事實，男子的心臟好像快爆炸了。在這麼荒謬的情況下，大家那麼地鎮定，出奇地百依百順。而且他的身體也是，和激動的情緒相比，卻是渾身無力。

「我不可能又要去當兵啊。服役過的人不可能又再乖乖聽話，重新去當兵！」

千頭萬緒在腦海裡繚繞，想要找到出口。男子最後得到了一個還算合理的結論。

「沒錯，我在做夢！這是在夢裡，對吧？這是夢對吧？」

男子望向理髮師，哪怕能抓住一根稻草也好。

「做夢？哈哈，您吃錯藥了嗎？」

理髮師噗哧一笑回答，手上的理髮器緊貼在男子的頭上。冰冷的金屬感再一次逼眞地傳遞到男子身上，頭髮嘩啦嘩啦掉滿地，他也跟著汗如雨下。

「我死定了，這分明不是在做夢啊。」

因爲流汗的緣故，男子感覺到圓領汗衫黏在乾巴巴的皮椅靠背上。

就在此時，男子清醒過來。

被汗水浸濕的棉被都濕透了。男子起身破口大罵忍耐已久的髒話，不到三秒，「眞正的現實感」籠罩住全身。

「呼……我果然是在做夢。」

從夢裡醒來後，男子仔細回想夢中的情況，所有場景都是那麼地不自然，光怪陸離，但是夢中的自己卻輕而易舉地被騙倒了。都退伍幾年了，怎麼現在還會做這種夢？男子慢慢站起來，走到窗邊，抖一抖剛才蓋過的棉被，還是覺得哪裡不太對勁。

那天晚上，女子在夢裡是一名高中生。毋須多加說明，她一下子就搞清楚自己所面臨的情況了。今天距離段考還剩三天。

第一天的測驗科目應該是數學、化學和物理。現在只剩下這幾科臨時抱佛腳，背公式也沒用的科目還沒複習。夢中的女子心想：「我怎麼都沒念書？」

沒錯。什麼書也沒念，不管怎麼回想，都沒有關於溫書的記憶。

女子感到呼吸急促，腦供血不足，眼前的事物東倒西歪。雖然眼睛是張開的，但是空間的距離感模糊不清。不知不覺圍過來的朋友們向女子搭話，沒有惡意地說：

「頌伊這次又要考滿分了吧？」

「就是說啊，妳上次考試不是因爲錯一題哭了嗎？」

女子努力克制自己不要皺眉頭並回答。

「我眞的什麼書也沒念。」

她一頭趴到桌上，桌子的朽木味增添了幾分現實感。她仔細思考自己爲什麼沒有溫書準備考試。

「我怎麼會什麼都沒有準備，搞成這樣呢？」這種情況一點也不像她的作風。心中浮現各式各樣荒誕不經的理由，但是她能想到的也就那些。

夢裡的她不可能察覺到這一切都是夢，更不可能知道只要醒來就不用考試，馬上回到畢業多年的社會人士身分。

再一次，場景又毫無預警地轉換了。場景的轉換流暢到女子無法察覺。那是即將放暑假的悶熱教室，期末考當天。

女子的桌子處於教室的正中間，桌上放了考卷，滿滿一面都是題目，答案卻一個也沒塡。

「怎麼辦？我一題都解不出來。」

女子緊緊抓著考卷，冷汗直流。一點也不透風的厚厚校服底下，大汗涔涔。隔壁同學竊竊私語的聲音傳入她的耳朵，彷彿是故意要講給她聽的。「這次考試怎麼這麼簡單？」

正驚慌失措的時候，考卷從一張變成兩張、兩張變三張，愈來愈多。一張接著一張，女子怎麼翻都翻不到自己會作答的題目。

教室充滿其他同學同時翻到下一頁的沙沙聲，而她還是一題也答不出來。數學考卷上的數字眼花撩亂，錯綜複雜，擺在講臺前面的大時鐘無情地奔向測驗結束的時間。秒針彷彿在女子的耳邊走動，滴滴答答地，發出尖銳巨響。

女子焦慮地抖腳，咯吱咯吱，咬指甲。

「我搞砸這次考試的話，爸媽會很失望吧。」

「數學老師看到考卷上的零分，會把我叫去教務處吧。」

「休息時間朋友跑來問我正確答案的時候，看到一堆答案寫錯的考卷會說什麼？」

女子此時此刻甚至覺得人生中沒有比這次考試更加重要的事了。超乎異常的壓力和壓迫感令她頭暈目眩。眼淚一滴一滴滑落，那瞬間，一道陰影讓日光充足的教室霎時間變得黑暗。在操場激起的高浪從敞開的教室窗戶一湧而入，教室立刻被蓋了過去。

夢中的女子不但沒有理會淹沒身體的海浪，反而還鬆了一口氣。

「如此一來，這次的考試就不算數了吧。啊，眞是太好了。」

就在此時，女子抱持著不合理的荒誕想法，清醒過來。雖然從夢中醒過來了，還是六神無主，呆呆地躺著。如果夢到的夢太過逼眞，女子就會陷入混亂，久久無法回到現實世界。她躺在床上，細細回顧自己的過去。

「我今年二十九歲，高中畢業快十年了。而且我以後也不用考什麼期中考或期末考。」

說出能讓自己安心的資訊，女子這才打起精神來。

這不是她第一次夢到考試的夢了。學生時期的她雖然還算會念書，但也是活在考試壓力之下的學生。女子對著空氣唉聲嘆氣。

「煩死人了。」

一大早就有好幾十位激動的客人找上門，罵我們怎麼能賣那種夢。達樂古特說今天可能會有很多人來要求退貨，吩咐佩妮一有人來的話，立刻帶對方到辦公室。交代完之後，他整天都待在辦公室沒有出來。

佩妮大略數了一下到目前爲止帶去辦公室的客人。達樂古特每次都是探出頭來說聲：「客人，請進。」就關門躲回去，如此反覆。狹窄的辦公室應該擠得連站的地方都沒有了吧。佩妮覺得如果是自己待在那樣的環境，就算本來覺得沒關係也會被搞得心有不滿。

「薇瑟阿姨，我去一下達樂古特先生的辦公室。」

薇瑟大打哈欠，沒說什麼。佩妮便當作她同意了。

佩妮端著托盤，裡頭裝滿達樂古特愛吃的寧神餅乾，前去敲敲辦公室的門。

「我可以進來嗎？」

辦公室沒有任何回應。佩妮將耳朵貼到門上，裡頭出奇地安靜。難道爲了讓這幾十個人冷靜下來，大家正在手牽手冥想嗎？她猶豫了一下，打開門進去。

辦公室裡眞的一個人影也沒有。

但是原本在達樂古特的個人收納櫃旁邊堆積成塔的盒子全部掉落一地，盒子一路延伸到某扇半開半掩的小門，門的大小只勉強夠一個人通過。佩妮完全不知辦公室裡還有這道門的存在。

從門縫可以看到往下延伸的淡藍色石階。雖然入口很窄，但是階梯砌得很好，通行者可以自在地來去。階梯下方傳來嘈雜的人聲。

「達樂古特先生！您在那邊嗎？」

佩妮的聲音在與石階相連的通道之中迴響。

「佩妮？妳來得正好！」

雖然依然看不到達樂古特的身影，但是下面傳來了他的聲音。

「妳到我桌上找找，應該有一份『訂購確認合約』。找到之後幫我拿到下面來！」

「訂購確認合約嗎？好！我找找看。」

佩妮放下餅乾托盤，開始翻找合約。長桌上非常凌亂，有一堆製夢師留下的「產品保證書」和「續約五十年感謝辭」等各種文件。達樂古特雖然平日裡衣著整齊，但是他絕對沒有收拾桌子的天分。一想到要是二樓員工看到這張桌子，肯定會像獵人發現肥滋滋的獵物一樣開心，這念頭讓佩妮不禁笑了出來。

繞了幾圈桌子翻找合約的時候，掉在地板上的盒子堆老是絆住佩妮的腳。她決定之後有空的話，在徵詢達樂古特的同意後，就要把那堆盒子拿去丟掉。盒子上面有看起來很像是製造日期的數字，其中有些都超過十年了。

達樂古特要她拿下去的「訂購確認合約」被壓在某本厚書底下。

「達樂古特先生，找到了！我現在就下去！」

佩妮一手拿著餅乾托盤，一手拿著紙團，小心翼翼地下樓。

本來還覺得階梯盡頭的周圍有點昏暗，結果下去之後出現了比大廳還要明亮的空間。進入辦公室的客人和達樂古特圍坐在巨大的大理石圓桌旁，一群人正在喝茶。

雖然有幾位還是怒氣沖沖，但是大部分的人喝下達樂古特給的茶之後就平靜多了。手腕高超的達樂古特應該是事先在茶裡摻了三、四滴「沉著」和「從容」。

牆上的燈照亮每個角落，當作室內裝飾用的假窗戶外面也掛了燈，就像陽光從外頭照射進來。

「是這份文件嗎？」

佩妮將帶下來的合約交給達樂古特。

「謝謝，是這份文件沒錯。」

「我都不知道店裡有這種空間耶。」

「這裡是爲了應對今天這種情況而設置的空間。在外面和客人發生爭執的話，不是會影響到其他客人購物嗎？」

達樂古特盡可能壓低聲音說。

因爲佩妮的出現，客人安靜了一會，但很快又鬧起來。

「好啊，你現在要拿什麼給我們看？敷衍了事的辯解我可是不會接受的。」某個女客人雙手抱胸宣戰。

「你知道現場有多少人做了重新入伍的夢嗎？到底爲什麼要賣這種夢給我們？」

坐在達樂古特對面的年輕人怒道，大力放下茶杯，發出聲響。周遭的人也跟著發火。

「我剛才也說過了，我上個月就退伍了，結果夢到自己又去了新兵訓練中心。

你知道那是什麼滋味嗎？」

「考試的夢又是怎麼回事！你該不會有折磨入睡者的怪癖吧？」

「沒錯。我一直以來都很喜歡這間夢境百貨，但是我開始在思考是不是要發起拒買運動了。聽說最近新開的夢境商店只賣令人開心的夢。你們這樣留得住客人嗎？」

穿著格紋睡衣的女子翹腳坐著，冷嘲熱諷。

佩妮站在原地，身處氣勢洶洶的氣氛之中，不知如何是好。

這好像是她入職以來，第一次看到客人連在達樂古特面前都這麼兇，但是他本人今天的表情卻是再和平不過了。

「各位，我們向來都是在充分說明商品後才販售夢境給客人的。雖然各位應該不記得了，對於這一點，我也深感遺憾。但這都是神的旨意，我能怎麼辦呢？」

「沒錯，不記得了。我當然不記得啊！不然我怎麼會買那種東西？難道會有特意來買惡夢的人嗎？」

「噢，這位客人，抱歉，這和一般的惡夢不一樣。雖然我們偶爾也會販賣出現幽靈或鬼魂的夢給因夏天太熱而感到疲倦的客人……但那畢竟只是一種避暑活動。

各位買的不是那種普通的惡夢。這種夢的正式名稱是『克服創傷之夢』，而且還是年輕優秀的製夢師精心製作的。這種夢製作得非常好。」

達樂古特自豪地說。

客人又大聲喧嘩吵鬧起來。不是對旁邊的人說：「那到底是什麼意思啊？」就是竊竊私語地說：「這話是不是他亂編的啊？」佩妮也聽不太懂達樂古特說的話。

「總之，不管那是什麼夢都沒差。別說是克服創傷了，我不想記起來的事情被挖了出來，感覺很不舒服。我要你們全額退款！」

披著租借用睡袍的某個男客人突然站起來大聲說話。

「客人，我們是事後付款，所以您根本還沒付……」

「好了，佩妮。不要跟客人吵架，多生事端。」

佩妮才剛插嘴，達樂古特就打斷了她的話。

「我就知道會這樣，所以在各位購買的時候，和每個人都簽了『訂購確認合約』。請看，上面還有各位的親筆簽名。」

達樂古特站起來，向所有客人每人發一張紙，然後坐回原位。佩妮悄悄偷看坐得最近的客人手上的合約。

訂購確認合約

「克服創傷之夢」為在「夢境百貨」寄賣之商品。本店經協會嚴格審查，嚴選販售品質與效果獲得認可的夢境。

第一，此夢的製作目的為讓客人鍛鍊精神與提升半永久自尊感。夢境內容將根據客人的個人創傷而改變。

第二，買方做完夢醒過來的時候，感覺到正面情緒，才會支付做夢費給賣方，合約關係方才正常終止。

第三，由於產品的特殊性，購買後一個月內可替換成其他夢境或退貨，但是您很有可能會忘記這件事又重新購買，因此不建議您這麼做。

第四，買方本人已聽過商品的充分說明，同意在克服創傷之前，根據賣方建議的時間，每隔一段時間定期做相同的夢。

立合約人：（簽名）

＊惟，買方購買後產生重度壓力，導致日常生活不便，或出現不安造成的失眠症狀時，賣方有權終止販售。

下方的簽名顯然是自己簽的，所以鬧事的客人露出一頭霧水的表情。客人反覆閱讀合約內容，直到完全理解爲止。

「可是這種東西怎麼有辦法鍛鍊精神或提升自尊感？不要給我們造成更多的壓力就謝天謝地了吧。」

最快弄清楚情況的客人發問。

佩妮很同意客人的提問，這正是她想問的事。而且她也能充分理解怒火中燒的客人的心情。

達樂古特沉穩地回答。

「如果我們店裡的商品給各位帶來壓力，那我很抱歉。當然了，各位現在還是可以選擇取消購買不再做夢。還有，目前夢境尚未發揮效果，夢境費也還沒支付，所以各位也不用擔心退款的問題。」

諷刺的是，當達樂古特順著客人的意，表示接受退貨後，大家的態度反而軟化了許多。

「沒錯，看各位想怎樣都可以。但是既然開始了，不如再多等待一下，直到夢境見效吧？」

看到大家不再追究，佩妮伺機行事，插嘴說了這麼一句。

「妳知道在夢裡重新經歷討厭的事情有多不舒服嗎？我希望至少在夢裡發生的都是好事。」

達樂古特出面溫柔安撫聽得不耐煩、身體瑟瑟發抖的女客人。

「眞的只有討厭的回憶嗎？」

客人一致看向達樂古特，等著聽他又想說什麼。

「最苦的那段日子……反過來想的話，說不定也是各位竭盡全力，克服難關的時期。這些經歷是好或壞，全在各位的轉念之間。你們咬牙撐過那段時間，如今安然無恙地生活，這難道不是諸位內心強大的證據嗎？」

客人喝下茶杯裡剩下的茶，思考達樂古特說的話。

佩妮趁機一一將「寧神餅乾」發給客人。蓋在地下室的這個祕密空間，此時只有酥脆的餅乾聲和茶杯碰撞聲。

「也對，所有的心理治療都要從接受自己的內心狀態開始做起。你這麼說也不無道理。」

穿著格紋睡衣的女客人一說，對此表示同意的幾名客人跟著點點頭。

不久後，一半以上的客人確定要跟達樂古特取消購買。

「我明白了。如果各位真的想取消，那我撤銷合約就是了。」

「真抱歉，明明是我自己說要買的，還簽了名。但是，我還是想默默將創傷藏在內心深處就好。」

「您言重了，不用放在心上。哪天做好了心理準備，隨時歡迎您再來光顧。」

撤銷合約的客人快速離開地下室，繼續回去睡覺。

「我們咬緊牙關，撐過去看看吧。明年不要再夢到去當兵的夢了！」

「沒錯，我也不想再夢到考試的夢了。只要從夢裡醒來的時候，出現正面情緒就可以了對吧？」

「是的，雖然這做起來不容易。」

達樂古特站起來說話。

「不過，請不要忘了，各位在日常生活中克服的難題比想像中的還要多。而且，當各位明白到這一點的時候，情況就會比以前好很多。這份禮物想送給意志堅定的各位。」

達樂古特拿出瓶身約莫手指大的小瓶香水，對著留下來的客人的睡衣袖子噴香水。袖子邊緣瀰漫著淡淡的森林香味。

「這是什麼啊？」

格紋睡衣客人將鼻子湊近袖子，聞了聞。

「好香喔。」

「這個香水有助於整理思緒，讓人正面思考。雖然沒有驚人的效果，但是還算好用。偶爾遇到事情不順利的時候，我也很愛噴。以後要是覺得心情鬱悶，就像今天這樣來我們店裡吧。我會大方地給各位噴香水。如果想跟剛才離開的客人一樣，是要來解約的話，當然也沒問題。」

客人都回到了地面上，只剩下達樂古特和佩妮在整理茶杯。

「達樂古特先生，如果最後真的每個人都撤銷合約的話，那該怎麼辦？別說是我們了，製夢師的損失也會很慘重，不是嗎？」

「只能祈禱不會有這種事發生啦。」

「嗯？意思是您也沒有什麼解決對策？」

「今天能讓一半的客人保持合約關係就很了不起了。這個夢會成功奏效的，我對此深信不疑。」達樂古特信心十足地說。

在那之後，男子有時會在快要忘掉的時候，又夢到自己重新入伍。做夢的那一天，心情總是很糟糕，但是他突然有一天覺得沒必要再受這種夢影響了。無論如何，他都已經風光退伍了。所以下一次又做夢的時候，男子心想「沒錯，我都當過兵了，還有什麼事能難倒我嗎？」隨即一笑置之。

他悄然想起退伍當天，踏入社會的生澀步伐和決心。而且沒有花太久的時間就明白，既然克服了那個夢境，那麼當兵再也不是他的創傷，而是成就。

就在這個時候，夢境費支付給達樂古特的商店了。自從那之後，男子再也沒有做過重新入伍的夢。

反覆夢到考試的那段日子，女子自我審視後得到了一個結論。雖然她再也不用考試了，但是仍舊沒有擺脫當時的壓迫感。

她發現儘管事業沒煩惱，也沒有人強迫她結婚生子，但她還是給沒有截止期限的所有事情設定了期限，自己給自己壓力。

某個下雨的早晨，連續三天夢到考試的她決定不要再被潛意識牽著走。找了個舒服的姿勢，閉眼坐在下雨的窗邊，不再回想段考期間備感壓力的瞬間，而是專注於取得好成績的瞬間。

「我對至今以來做得很好的自己引以爲傲。以前的我做得很好，以後無論是什麼事也能做得很好。」百分之百相信自己、從壓迫感解脫，女子需要的正是這種輕鬆心態。

就在此時，女子支付了夢境費，不再被考試的惡夢所折磨。又過了一段時間之後，她連以前飽嚐惡夢痛苦的事都忘掉了。

叮咚——

「克服創傷的夢」的費用已轉換爲大量的「自信」。

「克服創傷的夢」的費用已轉換爲大量的「自豪」。

「現在總算開始慢慢結算了。」

達樂古特悠哉地一個一個確認螢幕上的通知視窗。

「啊，對了。佩妮，妳要不要和我一起去找邁可森，把結算款項轉交給他？今天客人不多，這裡有薇瑟一個人應該就夠了，對吧，薇瑟？」

「如果你們在回來的路上順便買克林姆麵包，那當然沒問題。」

薇瑟阿姨爽快地答應。

「佩妮，要一起去嗎？邁可森雖然喜歡跟人相處，但是他不太喜歡出門。我們去找他的話，他會很開心的。」

「好……我知道了。」

佩妮不情不願地回答。

去邁可森工作室的路上，佩妮難掩擔心之情。故意縮小步伐，拖拖拉拉地走著。她對邁可森的傳聞耳熟能詳。雖然沒有辦法一一確認那些可怕的傳聞，但有一點她很確定，他整天待在僻巷工作室，窗簾緊閉，製作陰暗的夢境。

雖然藉由這次的事件，多少知道邁可森的夢不是只有黑暗的一面，但是要和這種人見面，佩妮還是有點忐忑不安。

「佩妮，快跟上來。」

遠遠走在前頭的達樂古特停步，轉過身來。

「好，我在往前走了，達樂古特先生。」

佩妮萬念俱灰，加緊腳步。

邁可森的工作室一片沉寂，彷彿跟兩旁的店鋪存在於不同的世界。工作室前面堆滿用不到的雜物，還沒掃掉的落葉堆隨風滾動，平常一定沒有客人親自光臨他的工作室。這屋裡雖然有一扇非常大的窗戶，但是遮光窗簾拉了下來，更加深了工作室的陰暗氣氛。

站到入口樓梯平臺上的達樂古特輕拍工作室的門。

「邁可森，你在裡面嗎？」

「達樂古特先生，您怎麼親自駕臨寒舍了？」

年輕人開門走出來，比想像中的彬彬有禮，舉止正常。邁可森穿著短袖圓領衫和四處破洞的牛仔褲，身上圍著一條黑圍裙。他不僅身材高大，肩膀也很寬，四肢修長；不過，似乎有點駝背，看起來像站在傾斜十五度左右的地面上。佩妮觀察他帶路走進店裡的步伐，產生了某個可怕的念頭，心想他是不是脊椎斷了又重新接起來過。

三人圍坐在邁可森倉促收拾乾淨的工作臺旁。達樂古特津津有味地吃著邁可森拿出來的酒漬無花果。不知道是心情作祟，還是受到工作室光線昏暗的影響，佩妮覺得暗紅色的酒漬無花果陰森如血，所以不敢伸手去拿。

「不好意思，能不能麻煩您多開幾盞燈？這裡面好暗。或是拉開遮光窗簾也好，今天外頭的陽光很明媚。」

佩妮有點害怕，但又想仔細觀察邁可森的工作室，因此主動搭話。

「抱歉，如果有多餘的光線透進來，我正在製作的夢境可能會變得白茫茫的。我的夢必須比任何夢都還要生動鮮明，因爲被人察覺他們在做夢的話，就白費功夫了。可以請您體諒一下嗎？」

「啊，這倒是。」

佩妮發現自己的請求很失禮，於是塞了一口酒漬無花果，津津有味吃著他拿出來的食物，以表誠意。無花果比想像中更香甜柔軟。

「收下吧，這是夢境的貨款。」

達樂古特從懷裡掏出鼓鼓的信封。

「結算速度比我想像中還快啊。客人似乎很堅強，啊，應該是說達樂古特先生的手腕很高明才對？」

「沒有啦。這都是托堅強又睿智的客人的福啦，是因爲他們很識貨啊。」

「謝謝您和我交易。像這種令人心情糟糕的夢，我還以爲沒有人會喜歡。」

「應該道謝的人是我才對。謝謝你堅持不懈地製作這些夢。我覺得這個世界需要你製作的夢。」

雖然室內過於昏暗，讓佩妮不是很確定，但是她好像看到了邁可森哽咽，眼睛往上看，抿嘴的樣子。

「聽到您這麼說，我眞是受寵若驚。可是，這份工作做久了，我也不禁時常懷疑自己。每個人都有不願意想起來的時期，不是嗎？不去喚醒那段回憶也是一種生存方法，不是嗎？沒錯，說不定那樣才是最好的。我是不是做了不該做的事……這些雜念經常困擾著我。」

達樂古特陷入沉思，想必是爲了謹愼回答，正在琢磨遣詞用句。

邁可森似乎沒有想像中的可怕，所以佩妮介入兩人的對話，沒有看他們的臉色。

「那改用簡單一點的方式告訴客人，不就好了嗎？也可以把他們獲得成就感或眞實感到高興的瞬間製作成夢境啊。」

佩妮天眞地說。

「跟您聊天眞有趣。」

邁可森似乎很喜歡佩妮的這個回答。

「如果是製作令人開心的夢，對大家都好！收款的時候也會輕鬆很多！」

「您這是在擔心我嗎？」

邁可森的修長手指指向穿著黑圍裙的自己。

佩妮看了一眼他的表情，一時怕他不舒服，覺得佩妮是因爲錢的關係同情他，不過他好像只是在開玩笑。

「佩妮，妳知道好夢和一般的夢，有什麼差別嗎？」

「這個嘛，您好像和我說過……」

佩妮慢慢回想達樂古特說過的話。邁可森留心觀察沉思的她。

「您說夢的價值取決於客人……啊哈，原來如此。差別就在於客人是不是自己開悟。比起直接告訴客人，讓他們自己想通更重要。那樣的夢就是好夢。」

「沒錯。在過去艱辛困苦的事情背後，也包含著自己克服難關的姿態。我們要做的是，幫助客人回想起當時的情境。」

「沒錯，這正是我們販售夢境的理由。一切價值終究取決於客人，我說的沒錯吧？」

「達樂古特先生，您找到了一位很棒的員工呢。」

邁可森露出和外面的陽光一樣燦爛的微笑。

第五章
製夢師例行會議

今天店裡滿清閒的。客人從容不迫地慢慢購物，達樂古特腋下夾著零食籃子，到處發送助眠糖果給空手離去的客人。

「可以再給我一顆嗎？」

女客人厚著臉皮伸出手。

「請問您明天是休息日嗎？」

「不是，我明天也要上班。」

「那吃一顆就好。吃兩顆的話，您會睡得太熟，聽不見鬧鐘鈴聲。」

穿著金黃色蕾絲睡衣的女客人一想到明天還要上班就快樂不起來，垂頭喪氣地走出店門。

佩妮今天沒什麼工作，只好反覆擦拭眼皮秤，借此打發時間。接近下班時間的時候，乾脆連事情都不做了，只是站在前檯發呆。薇瑟阿姨坐在旁邊的椅子上，備忘錄寫得滿滿的，反覆寫了又擦掉。

大廳的老爺鐘指向下午五點五十分。

「薇瑟，是時候準備動身了。我叫的計程車六點整過來。」

達樂古特提著空空如也的零食籃子，走向前檯。

「哎呀，都這個時間點了？聖誕節要用的季節裝飾品還沒列完耶。我本來還想在今天之前訂好的……」

薇瑟阿姨感到焦躁，動了一下屁股。

「二位一起要去哪啊？還有聖誕節裝飾是怎麼回事？離聖誕節還很久啊。」

佩妮驚訝道。

「說得真輕鬆！這條商店街上，賣裝飾物件的店只有一間。太晚下單的話，連個像樣的裝飾品都買不到。去年那棵沾滿泥土的樹，一看就是隨便從山上砍下來的，但是卻花了我們一百金夢幣。毛泰日每次經過那棵樹，就說買回來的是一堆火柴，不知道被他笑了多久。」

薇瑟阿姨嘀咕，雙眼不離備忘錄。

「那二位今天要去哪呢？竟然還叫了計程車。」

薇瑟連說話的時間都沒有，將前檯桌上捏得皺巴巴的紙拿給佩妮。

佩妮打開那張紙，開始閱讀。

在此通知製夢師與主要銷售業者：

今年的例行會議預計也是在北邊萬年雪山入口的「尼古拉斯之家」舉行。主要討論項目與「逐漸增加的 No show（未如期現身）客人」有關，敬請相關人士全數出席。

夢境產業工作者協會會長　尼古拉斯　敬上

「獲邀的人是達樂古特，最多一人陪同參與。這是能夠超近距離看到知名製夢師的大好機會，不過我現在有點睏就是了……」薇瑟阿姨不冷不熱地說。

「那讓邁爾斯樓管去怎麼樣？他本來就喜歡夢，能見到製夢師的話，他應該也會很開心。」

「那可不一定。邁爾斯是很喜歡夢境本身沒錯，但是他對製夢師有點感冒……

該怎麼說呢？」薇瑟放低聲音。

「他其實有點嫉妒製夢師。他好像在快要畢業的時候，因爲不知名的原因被開除學籍了。要是當年能順利畢業的話，現在他應該也是備受矚目的製夢師。他似乎還忘不了當時的事，所以妳最好不要在他面前提到製夢師。」

薇瑟不想起身，又在備忘錄上寫了「聖誕節經典彩旗三十公尺」「緞帶三十捲」「棉花裝飾品一千個」「人造鹿角三個」等等。

「薇瑟，如果妳很忙的話，我自己去也沒關係。」達樂古特生硬地說。

「眞的嗎？」阿姨當場露出高興的表情。

「對啊，沒關係。反正我只要坐在製夢師之間，一個人像吃了黃蓮的啞巴一樣大口吃飯就好。」

聽到這句話，薇瑟阿姨臉上的笑容瞬間消失。

佩妮並不是想賣乖討好阿姨，而是眞的很想出席那種場合，所以突然冒出一句話來。

「可以讓我去嗎？我今天下班之後沒事。」

「好啊！」兩人高興地回答。

「我去穿個外套，等我一下！」

薇瑟阿姨心情變得輕鬆，哼著以前的聖誕頌歌，在備忘錄上追加了「聖誕樹裝飾燈泡」。

「原來聖誕節的裝飾也是一樓前檯的工作，我都不知道。」

佩妮心想從明年開始這件事應該就要由自己來做了，要先學起來才好。

「沒有啦，看誰想裝飾就由誰來做。我個人很喜歡做這種事。懷老么的時候，也是沉迷於提前買好要裝飾嬰兒房的東西，等我回過神來都要臨盆了。這麼說來，在我接下這個差事之前，這是邁爾斯的工作。」

「由邁爾斯樓管負責聖誕節的裝飾？」

「就那一年而已。他整天催促員工，一下把人叫來問爲什麼樹枝沒有左右對稱、一下又說太多彩紙花亮片掉下來，要他們撿乾淨。二樓員工本來就都愛整齊乾淨，所以布置得很開心……但是其他人簡直快死掉了。所以爲了大家好，才會由我負責裝飾。我很享受購物的過程。總之，我希望最慢能在今天之前訂好裝飾品，之後悠哉地等收貨就好。這對我來說，眞的很重要。」

薇瑟阿姨看起來眞的很樂在其中。

達樂古特穿了一件棕色大衣出來，還有和大衣一點也不搭的藍色雨靴。

「達樂古特先生，您剛才穿的那雙皮鞋好看多了……」

這時，外頭已經抵達的計程車短促地按了兩聲喇叭。

「司機在催我們了。」

「達樂古特先生，今天可以爲您服務是我的榮幸。」

年輕的計程車司機鄭重地摘下帽子，想和他握手。

「哪裡哪裡！謝謝你準時抵達。」

達樂古特換上的這雙雨靴好像很緊，他一直盯著鞋底，發出呻吟，沒有看到對方伸出來的手。尷尬的司機調高電臺音量便出發了。

計程車慢慢穿過市區。達樂古特靜靜看著車窗外。佩妮午餐吃得不多，早就餓扁了，肚子好幾次發出咕嚕咕嚕的叫聲，幸好有電臺的聲音掩蓋過去。

「不過，我也可以在那裡吃晚餐嗎？如果是例行會議的話，那應該是重要人士雲集的場合吧……工作多年的薇瑟阿姨就算了，但我只是一個誰也不認識的新進員工啊。」

「妳不用太擔心。雖然例行會議本來是在夢境業界內發生重大事件時，相關人士一起擬定對策的聚會，但是近期大多只是簡單的晚間聚餐而已。沒有人會在意誰是和誰一起來的。有時候我們也會自在地分享好消息。」

「但是我剛才看公文說今天要討論嚴肅的主題？」

「妳是說 No show 啊？」

「對啊，那個是指預約夢境之後，沒有在預約日期準時入睡，甚至直到最後都沒出現的客人，對吧？這個我還是知道的。」

「原來妳很清楚嘛。對，沒錯。這是需要嚴肅以對的案件。像我們這些事後才收款的生意人損失特別慘重。」

「要是對商店營運造成巨大打擊的話，怎麼辦？」

佩妮擔心好不容易找到的工作飯碗是不是出現危機了。

「沒那麼嚴重啦。其實，這個問題以前就存在了。就期待今天在會議上大家能提出很多的好主意吧。」

右邊車窗看出去是邁可森的昏暗工作室。

「邁可森製夢師也會出席吧？」

「我不清楚耶。他的時間都投入在工作，每次都沒來參加。妳希望他出席？」

「因……因爲有認識的人在的話，我比較自在啊，哪怕多一個人也好。」

佩妮摸摸翹起來的短髮。

經過巷子後，人煙明顯變得稀少。在郊區的車輛專用道路上行駛了好一陣子，突然覺得周圍變亮的時候，計程車來到了積著厚厚白雪的萬年雪山入口。安靜開車的駕駛開口：

「從這邊開始二位要步行過去，因爲車子開不上去。」

佩妮的踝靴不適合走通往尼古拉斯小屋的道路，雙腳老是陷入堆到腳踝處的雪堆裡。看到達樂古特穿著雨靴順利前行的背影，佩妮不禁覺得他今天有點討人厭。

「這裡就是尼古拉斯的小屋。」

達樂古特停下來站住。

經過幾棵巨大的參天古樹，彷彿四下無人的地方出現了一棟小屋。以小屋來說，這間房子算是相當大。因爲滿屋子掛的銀色小裝飾，讓房子比白雪還要亮白。

「在村子裡的時候，怎麼都沒看到這棟房子啊？」

「因爲房子比雪還要白，所以有太陽的時候看不清楚啊。這棟房子總是那麼美麗。」

「住在這裡的話，外出很不方便吧。」

「冬季以外的季節，尼古拉斯幾乎都待在家裡，所以對他而言沒差。」

佩妮皺起眉頭，感覺到襪子因爲泥濘的雪地變濕了。抵達小屋門口的時候，某個看起來比達樂古特還要老二十歲的老爺爺大力開門，忽然蹦了出來。

「達樂古特！」

老爺爺朝氣蓬勃地打招呼，猛然握住達樂古特的手。他的短髮與雙眉同樣潔白如雪。

「尼古拉斯，你過得還好嗎？」

達樂古特也高興地和他握手。

「你這次也是第一個到達呀。那些製夢師明明最討厭客人遲到，自己卻……嘖嘖。」

這位名叫尼古拉斯的老人不太滿意地發出嘖嘖聲。

「這是新來的員工？看來妳是代替薇瑟出席的。」

「沒錯。佩妮，快打招呼。這位是屋主尼古拉斯。」

「您好，我叫做佩妮。從今年年初開始在夢境百貨工作。」

「幸會，我是尼古拉斯。你應該知道我是誰吧？」

佩妮對這位叫做尼古拉斯的製夢師一無所知。看公文的時候，也只覺得他應該是在協會辦公的相關人員。佩妮尷尬地和他四目相接，努力堆出適當的笑容，以免自己露出「渾然不知」的表情。

「這邊請，快進來。看妳的襪子這副模樣，妳的腳應該凍傷了。」

佩妮遲疑了一會，最後脫掉濕濕的襪子，半脫半穿地踩著鞋子進入屋內。

「你們在這裡等一下，我去弄點吃的出來。今天的肋排烤得很美味，因爲我剛買了一架頂級烤箱。當然也有很多適合一起享用的酒。」

尼古拉斯立刻帶兩人走到客廳，順便路過廚房。長長的多人桌、從桌子後方的拱型窗戶眺望出去一片皚皚白雪的風景、桌上繞著多年生植物的小燈泡，以及放在廚房有點壓迫感的松木，一切都自然地融爲一體。

佩妮心想，要是薇瑟阿姨來的話，有很多聖誕節裝飾可供她參考。佩妮眞想拍點照片回去。

「達樂古特先生，那位老爺爺製作的是什麼類型的夢啊？老實說，我第一次聽到尼古拉斯這位製夢師的名字。」

「啊，這也是情有可原。尼古拉斯這個名字聽起來很陌生吧。看看這個地方，妳覺得他製作的是怎樣的夢？」

「應該是童話般的夢境吧。住在萬年雪山的老爺爺……綴滿閃爍裝飾的小屋……而且一切富饒豐足，食物也很豐盛……啊！這裡簡直像是在過聖誕節。」

「觀察能力很好嘛！」

「嗯？」

「尼古拉斯和聖誕節的關係，可說是密不可分哦。」

達樂古特直視佩妮，似乎在說不能再給更多的提示了。佩妮輕輕鬆鬆就得到了唯一的結論。

「他是聖誕老人嗎？」

「沒錯，他就是聖誕老人，只是我們都稱呼他爲尼古拉斯。」

尼古拉斯的實力足以和亞賈寐．奧特拉、踢克．休眠、娃娃．眠蒂、道濟、頌兒．可可這五位傳奇製夢師比肩，而且他堅持只在冬季工作，是出了名的聖誕節期之外絕不販售夢境的製夢師。

光只靠聖誕季工作就能維持如此奢豪的生活，從中便能猜到他的實力。

「尼古拉斯對名譽沒什麼欲望。他本來就喜歡聖誕節的氣氛，也是個喜歡小孩的普通老爺爺。還有，他很喜歡這些東西。」

達樂古特笑著舉起高級銀製叉子給佩妮看。

佩妮覺得尼古斯拉才是工作與生活達到平衡的完美典範，這樣的人生足以令人稱羨。

尼古拉斯進入廚房，發出叮鈴噹啷聲響好一會後，雙手端著放了餐前麵包的大籃子和水果沙拉盤出現。佩妮和達樂古特幫忙布置餐桌。

近距離一看，尼古拉斯不僅白髮蒼蒼，連短短的鬍子也是白色的。

快要布置好的時候，例行會議的出席者終於一一現身了。繼兩人之後，最先抵達的是製作胎夢的頌兒．可可，和她一起進來的意外人物正是邁可森。她今天沒有帶隨行人員，而是選了邁可森同行。

兩人腳上的鞋子也是沾滿泥濘融雪，啪嗒啪嗒，踩著濕濕的地面進來。高大的邁可森與嬌小的頌兒．可可，兩人的外觀形成奇怪的對比。不過，很神奇的是他們都散發著類似的氣場。

這是資深製夢師特有的氣質嗎？佩妮第一次看到達樂古特的時候，也察覺到這種氣場。她又開始對出席這個場合感到興奮，這就好像躋身在厲害人物之中，讓自己也跟著變得有點厲害了。她心想像今天這樣的日子，為了帶動氣氛，表現得熱絡一點，應該也沒關係吧。

佩妮用比平常還興奮的語氣打招呼：「您好！」

「哦，今天是其他員工代替薇瑟來啊。妳好像是我上次去交預知夢的時候看到的那位可愛姑娘。」

令人吃驚的是，頌兒·可可還記得佩妮的長相。

「佩妮小姐，沒想到會在這裡遇到您。」

邁可森淚眼汪汪，跟她打招呼。佩妮明知這是不可能的事，但她還是瞬間以為對方是看到自己才喜極而泣，因此感到有些不知所措。邁可森開始眼淚直流。

「啊，我的眼睛很痠。尼古拉斯大叔家附近太明亮了。對了……佩妮小姐，上次您來過之後，我就把工作室的黑色遮光窗簾換成灰色的了。因為那時候您說室內太暗……」

「嗯？灰色？」

「對，灰色的日光穿透率比黑色高百分之三左右。」

「啊……」

佩妮不知道該接什麼話才好，愣愣地抬頭看邁可森。他一臉害羞，宛如等著被人稱讚的大孩子，但又因爲白雪太耀眼而眉頭深鎖，擺出做惡夢般的表情。

「喂，你先戴上墨鏡。」尼古拉斯拍拍邁可森。

「你少製作那些陰暗抑鬱的夢，活得明亮開朗一點啦。你這個年輕人也眞是的。」

這種狀況以前似乎也發生過，只見邁可森很自然地從尼古拉斯那接下墨鏡。

「這個世界上有太多不知天高地厚的人了。溫暖的棉被、熱騰騰的食物、安全的家……這些東西都不是永恆的。我想鍛鍊那些人，讓他們變得堅強。」

邁可森戴上大墨鏡，認眞地回答。

「還眞看不出來你這麼愛瞎操心。那些都只是你的想法，據我所知，比這還可怕的東西多著呢。嫉妒、自卑這些東西最近可是比追在身後的猛獸還要可怕。」

「這也是不錯的生意點子耶。」邁可森表露出興趣。

「好啦，大家先暫時別聊工作了，都坐下來吧。」

達樂古特出面打圓場。

頌兒．可可坐在尼古拉斯的旁邊，原以爲當然會坐在她旁邊的邁可森思考了一下，坐到了佩妮隔壁。放著那麼多位置不坐，偏要坐在自己的隔壁，她差點以爲這有什麼特別的涵義。但是邁可森戴著墨鏡，不發一語地坐著，佩妮完全猜不到他在想什麼。

尼古拉斯準備的食物只有經過最基本的調味，但是食材本身不曉得有多棒，吃起來非常美味。頌兒．可可正在吃第二盤放滿水果的沙拉。

「太好吃了！果然什麼都比不上新鮮的水果。」

佩妮本來打算等所有人都到場了再開始用餐，但是自從剛烤好的肋排端上桌之後，等待就變成是折磨人的酷刑了。

「我們先開動吧，涼掉就不好吃了。烤箱已經在烤要給晚來的人吃的東西了，大家放心享用吧。」

一獲得尼古拉斯的允許，佩妮立刻舉起叉子，叉了一塊肉，蘸滿肉汁醬。正要放入嘴巴的那一瞬間，出現了兩名令她自動放下叉子的人物。

雖然沒見過本人，但是佩妮對她們的臉孔很熟悉。

一起進門的是，披著一頭秀麗棕髮、肌膚雪白的女子，以及一頭左右不對稱的短髮，身穿長及腳踝美麗大衣的中年女子。

「我竟然能夠同時見到娃娃．眠蒂和亞賈寐．奧特拉！真不敢相信。」

佩妮藏不住激動的內心，大驚小怪起來。

「達樂古特，您來得真早。今天薇瑟阿姨沒來，來了其他人呀。」

娃娃．眠蒂問候達樂古特的時候，也用眼神跟佩妮打招呼。

「啊！我、我真的是您的粉絲！從小就是。啊，我說的小時候是指學生時期。您出道至今也還不到十年嘛。」

佩妮被她的美麗震驚到說不出話來，開始語無倫次。

「眠蒂，好久不見啊。妳看上去很健康。奧特拉今天也很美呢。」

達樂古特習以爲常，自在地跟她們打招呼。

「達樂古特先生，您知道嗎？做做看她們製作的夢，是我這輩子的願望。」

佩妮還沒能從激動的情緒中平復下來。

娃娃．眠蒂、亞賈寐．奧特拉和頌兒．可可並肩坐在佩妮的對面，正在品嚐烤肋骨。佩妮有一口沒一口地吃飯，不斷偷瞄她們，所以沒有察覺到坐在旁邊的邁可森偷偷將烤肋骨的柔嫩瘦肉部位挪到她那邊。

「佩妮，妳最想夢到她們之中哪個人製作的夢啊？」

達樂古特隨口一問。

「我啊……不管怎樣，我都想做做看眠蒂小姐的夢。」

「娃娃．眠蒂啊，選得好。她製作的夢能看見美麗動人的風景。我也有夢過，真的製作得很出色，都不想醒來了。下雨天，我從中古世紀的城牆俯瞰熠熠生輝的城市。天空就在我的頭頂上，伸手可摘的星月慢慢朝我而來。」

達樂古特一臉入迷地說。

「那種夢一定超貴的吧？」

「那還用說。但是比她的夢還要更貴的，就是奧特拉的夢。」

達樂古特聳聳肩，指向正在啜飲紅酒的奧特拉。她也同時一面跟頌兒．可可噓寒問暖，交換彼此的近況。

「我知道奧特拉小姐的夢很貴。她不是製作了很多可以站在他人的立場，設身處地的夢嗎？難道還有其他特別貴的夢嗎？」

「做夢時間愈久的夢愈貴啊。」

「多久啊？」

「大概久到可以過完某人的一生吧？」

佩妮嚇了一跳。「這是有可能的嗎？」

「在夢裡什麼事都可能發生啊。妳做了這份工作還不明白嗎？」

達樂古特露出溫柔的笑容。

亞賈寐．奧特拉要拿桌子中央的胡椒罐時，向隔得有點遠的達樂古特搭話。

「達樂古特，我本來還想去你店裡一趟呢。」

「奧特拉，怎麼了嗎？有要事的話，我會派人過去。妳不是都從年頭忙到年尾嗎？」

「沒有啦，雖然是有點忙，但是還過得去。你也知道的，我經常製作長時間的夢，最近一年裡生產不了幾個……所以說啊，你們夢境百貨什麼時候才要和我簽約呢？」

「這個嘛，因爲單價不太符合我們的預算，該說是負擔有點大嗎……畢竟妳總是希望我們先付款給妳。」

達樂古特單刀直入地說。

「那是當然的啊。如此美麗的大衣會等我變有錢嗎？不這麼做的話，衣服早就被買走了吧。」

奧特拉用餘光看了一眼掛在衣櫃裡的長版大衣，手由上至下摸了摸雪紡襯衫上耀眼的水晶胸針。

「那至少下次讓我在你的店裡推出短時間的新產品嘛。這樣應該就沒關係了吧？」

「那我就太感謝啦。」

奧特拉向達樂古特和佩妮眨眨眼，往自己的盤子灑了許多胡椒。接著她往杯裡倒滿尼古拉斯提供、看上去價值不菲的紅酒，並露出滿意的表情。

尼古拉斯數了一下還沒到的出席者空位。

「范喬今天不來嗎？這小子只知道工作，一定又是窩在哪做賺不了幾塊錢的夢了。要不然就是去餵食山林野獸，忘了約定的時間……」

汪汪汪！

尼古拉斯後面的話被狗叫聲蓋住，因此聽不清楚。

「大家好！抱歉我來晚了！」

「哎呀，說曹操，曹操就到。」尼古拉斯嘖嘖作聲。

年輕男子拉著一群跟狼一樣大隻的狗出現，進來的時候手上提著濕掉的鞋子。狗群湊近，嗅嗅濕掉的襪子。

「因為深山的冬天來得很早，天氣很快就變得跟嚴冬一樣寒冷。我忙著準備過冬，所以來得比較晚。我準備了乾柴，還重新整修了這些傢伙要睡的地方。」

給人純樸印象的他脫掉褪色的絎縫外套，掛到衣架上後，找了個靠近門的位置坐下。

「范喬，這邊有暖爐，你坐過來一點，不然你會感冒的。」達樂古特體貼地照顧他。

平日沒什麼事情要見面的製夢師難得齊聚一堂，佩妮目不轉睛地觀察他們，結果和范喬剛巧對到眼了。佩妮試圖笑著化解尷尬，沒想到范喬隨和地跟她搭話。

「您好，初次見面！看來您是和達樂古特先生一起來的。我應該常去店裡打招呼才對……但是需要我照料的動物太多了，所以基本上不怎麼下山。我先自我介紹，我叫艾尼莫拉．范喬，製作的是專門給動物做的夢，向來都是供貨給夢境百貨的四樓，常常給史皮杜先生添麻煩了。」

佩妮感覺自己的心扉一下就被他的穩重語氣給打開了。

「您好，我是在達樂古特先生店裡工作的佩妮。托您的福，才會有那麼多可愛的客人來光顧。」

雖然動物也能感覺到情緒，但是不如人類感覺到的強烈或細膩，沒什麼商店願意買賣那種夢境，但是達樂古特卻常常大量購入范喬製作的夢。佩妮覺得他好像很欣賞艾尼莫拉．范喬的為人。

范喬就像可以和狗對話一樣，仔細聆聽狗群的吠叫聲。他朝尼古拉斯點點頭，謝謝他的招待之後，默默切開沒有調味過的瘦肉部位，先拿給狗吃。然後用破爛不堪的上衣擦拭刀子。

尼古拉斯看到范喬這個樣子，發出嘖嘖聲。

「雖說不能沉迷於金錢，但你至少要保持最基本的體面啊。每天穿著破衣服出門，你好歹也買件像樣的衣服來穿……生活這麼潦倒，是能製作出什麼好夢？夢境就是要創造出現實中沒有的幻象。夢境與幻象，形影不離。像你這樣窮困潦倒的話，能製作出夢幻般的美夢嗎？」

尼古拉斯不滿意地嘮叨著。

「我覺得還好啊。需要的東西山裡都有，和這些傢伙待在一起的話，我一點也不無聊。而且也沒什麼需要花錢的地方。過這種生活就是我的夢想。」

范喬看起來真的過得還可以，只是其他製夢師一個個貴氣逼人，相較之下，他便顯得有點寒酸。

在那之後，眾人又東南西北聊了好一會。突然一陣宛如玻璃窗破碎的聲音，讓大夥都停了下來。一群閃閃發亮的東西同時用全身猛撞玻璃窗。

「那些傢伙來了啊。」

尼古拉斯推開廚房的窗戶，拍打著銀翅膀的小身影便飛了進來。原來是矮妖精。

這十幾個矮妖精沒有坐到椅子上，而是在桌子正中央的麵包籃旁邊收起翅膀，三三兩兩，坐在一起。

「尼古拉斯，你可以替我們把食物切得小一點嗎？」

矮妖精之中某個看起來像是老大的胖妖精，用玻璃珠撞擊般清脆的聲音詢問。他正在和比自己的身體還大塊的麵包較勁。

「沒禮貌的傢伙。我應該和你說過不要直呼我的名字，要叫我聖誕老人吧？工作的時候，就要用我工作時的名稱稱呼我。」

「可是在聖誕季節之外，你不是都不工作的嗎，尼古拉斯？」

頌兒．可可哈哈大笑地說。

「如果想在聖誕節之前查清楚所有小孩的喜好，再做好夢境的話，那得忙上一整年。妳知道小孩子的喜好有多善變嗎？看我待在山裡閉門不出，你們就以爲我整天都在家裡玩，對吧？」尼古拉斯勃然大怒。

「好啦，尼古拉斯。大家好像都到了，我們來開會吧？」達樂古特催促。

「踢克．休眠不是還沒來嗎？來這裡的路有點危險，他可能要花上一點時間……我們等等他吧？」

「踢克．休眠今天來不了了。」

優雅地在麵包上塗抹蜂蜜奶油的娃娃．眠蒂說。

「他爲了製作夢境所需要的資料，去卡姆尼克懸崖進行實地考察了。」

「他去了卡姆尼克懸崖？難怪我聯絡不到人。」

尼古拉斯感到可惜。

「娃娃，妳是怎麼知道的啊？」

亞賈寐．奧特拉隨口一問。

「嗯……踢克．休眠的粉絲不是都會把他的一舉一動調查得一清二楚，上傳到網路上嗎？網路上有拍到他人在懸崖的照片。」

有點臉紅的娃娃．眠蒂呑呑吐吐地回答。

「話說回來，道濟先生今年也沒來呢。」

「道濟幾乎沒出席過這種場合。他大概又跑到某個地方去修行了吧。」

奧特拉打開一瓶新的紅酒。

「好，那我們來討論會議主題吧。」

尼古拉斯從位置上站起來。

「我看看，先來聽聽看上個月 No show 的客人對大家造成的損失吧？」

「我們應獲得的收益之中，有百分之十五沒拿到。因爲我們在簽約的時候，合約上就寫明，客人未如期出現買走夢境的話，我們就收不到貨款。」

矮妖精老大邊咀嚼起司塊邊說。其他矮妖精五個人共享一塊起司塊，正在專心吃著。

「老實說，這件事跟其他在座的知名製夢師沒什麼關係吧？夢境百貨一樓的商品不是賣得很快嗎？我們這些好欺負的製夢師才可憐。」

穿著粉紫色雪紡襯衫的矮妖精抱怨。

「胡說！不知道有多少人沒去取我的胎夢。達樂古特，那時候我交給你的胎夢發生了什麼事，你說給這些小不點聽聽。」頌兒．可可反駁。

「這個嘛……有一對夫妻過了兩週都沒來取走胎夢。」達樂古特努力回憶。「我們本來想交給他們的好友或雙方父母，但是這些人也沒來，最後是把胎夢交給妻子那邊最要好的朋友的妹妹。朋友的妹妹不僅未婚，也沒見過那對夫妻，做了胎夢之後應該嚇得不輕吧。但是我們得在有限的時間內轉交夢境，所以也很無奈。」

「但是可可女士很有錢啊，像我們這種小牌製夢師損失才真是慘重。」妖精老大手上明明戴了金手錶還在訴苦。

「所以你們要做好宣傳啊。」尼古拉斯說。

「我們很久很久以前就散播傳聞，說不早一點睡的話，聖誕老人不會出現。說故事是最基本的行銷手段嘛，最近的人很吃說故事這一套。睡著之後聖誕老人就會偷偷來放禮物的故事……不曉得是哪位祖先想出來的，實在厲害。」他驕傲地聳聳肩。

「都是因爲你們說謊，天底下的無辜父母才會在小孩枕邊放禮物。而且你們爲什麼要多此一舉，編造襪子的故事？害大家都把有味道的襪子放在枕邊。」

頌兒．可可當面駁斥尼古拉斯。看來她對和親子有關的話題十分敏感。

「我哪裡說謊了？小孩子乖乖睡覺的話，的確會收到禮物啊。只是禮物不是變形金剛，而是一場美夢。還有襪子，從夜光獸那收到過珊瑚絨襪的人就會知道，這種襪子的腳踝部分很長，所以放什麼都可以，也很適合掛在門把上。而且伸縮性好，容易拉長……」

尼古拉斯沒完沒了地說下去，匆匆轉移話題。

「總之！言歸正傳，我想先談談由銷售業者分擔部分 No show 金額的方案。」

箭頭突然對準達樂古特，佩妮睜大雙眼看著他。

「尼古拉斯，在只有我一個銷售業者的場合下，好像不應該討論這個吧。」

他不慌不忙，心平氣和地回應。

「想討論分擔金額的話，就要把街上的所有業者都叫來徹夜討論一番啊。與其那麼做，我們應該要趁這個機會努力解決根本問題吧？」

達樂古特巧妙地堵住這個棘手的話題。

「沒錯，爲了降低製夢師的損失，要求銷售業者負擔No Show費用是一種暴行。製夢師和銷售業者應該拋開單純的利益問題，維持互相尊重的關係。」

娃娃．眠蒂支持達樂古特。

「那樣的話，大家覺得發生No show的原因是什麼？不管怎麼說，我只做一季的生意，所以老實說我是沒什麼感覺。」尼古拉斯感到好奇。

「問題沒那麼簡單。那和錯綜複雜的個人情況和國家活動之類的有關。」

其中一個看起來聰明伶俐的矮妖精回答。佩妮覺得他們的聲音跟身體相比大了很多，仔細一看才發現他們配戴了小巧的無線麥克風。

「如果客人有心煩到睡不著的私事，那等到破曉客人也不會來。像這種情況大家都知道吧？」

眾人一致點頭。

「除了那種私事之外，譬如說，假設歐洲正在踢世界盃足球賽好了。啊，我不太想解釋什麼是世界盃。我相信在場的製夢師都針對客人做過功課。」矮妖精傲慢地說。

「那麼，亞洲地區熬夜看歐洲比賽的人會暴增，對吧？問題來了，這種國際活動愈來愈多。而且即時轉播的頻道變多也是個問題。」

矮妖精好像對世界上發生的事瞭如指掌。

「原來如此。坐在那邊的年輕人應該也知道些什麼吧？」

尼古拉斯忽然給佩妮發言權。

佩妮好不容易想起從毛泰日那聽說的事。

「我覺得……考試期間也有可能發生這種事。我工作的時段有很多韓國客人來訪，他們會全神貫注於考試。每到考試期間，學生客人就常常熬夜。啊，不過這不算長期性的問題。因為這種事只會在考試的前一、兩天發生。看來不管是哪裡的人，好像都會臨時抱佛腳。」

「有道理。那邁可森，你有什麼看法嗎？」

邁可森出神地盯著講起話來條理分明的佩妮，突然被尼古拉斯點名，因此嗆到喉嚨，連連咳嗽。他好不容易平復下來，嚴肅地壓低嗓音說：

「我的話，損失不大。雖然其他製夢師的夢要預訂才行，但是客人不太會來買我的夢，所以……」邁可森難爲情地說。

「我就只有達樂古特先生直接幫我銷售的那些夢，所以本來就不會發生No show的情況。」

「難怪你一派輕鬆，只顧著吃東西。」

尼古拉斯此話一出，惹得眾人哈哈大笑。佩妮看到邁可森臉紅的樣子，覺得他有很多地方令人感到意外。

「艾尼莫拉，你呢？你的損失不大嗎？」

頌兒．可可擔心地問。艾尼莫拉．范喬飯沒吃上幾口，便一下子要照顧那群狗，一下子又要幫矮妖精把麵包和肉塊切小。

佩妮喃喃自語道：「范喬先生眞的好體貼……」邁可森突然把麵包籃拿到自己這邊，開始認眞地將麵包切塊。

「我也覺得還好。動物的睡眠時間本來就長。而且對動物來說，沒什麼好玩的事情值得牠們延後睡覺時間。」

范喬看著趴在自己腳邊的狗狗說。黑頭狗狗的臉靠在范喬的腳背上，一臉安詳地在睡覺。

「沒錯！」

那個聰明的矮妖精突然大喊，害佩妮嚇了一跳。

「范喬的這番話才是答案。比睡覺好玩的事情太多了，所以人類都不睡覺了。」

聰明的矮妖精在盤子上盤旋。

「打遊戲不睡覺的人、滑手機晚睡的人、整晚跟戀人打電話聊天的人！大家不是都忙著找樂子，所以延後了睡覺時間嗎？」

妖精收起閃爍的翅膀，坐在尼古拉斯的肩膀上。尼古拉斯雖然露出不耐煩的表情，卻也沒有趕走妖精。

奧特拉對妖精的話表示贊同。

「你說得對。這和爲了準備考試而強迫自己不要睡著的人不同，他們的 No show 是暫時性的。我們應該考慮的問題是自願不睡的人。」

看到有人把自己的話聽進去，矮妖精們開心地吃麵包。

「邁可森，麵包要切成適合入口的大小啦。碎成粉末的話，是要怎麼吃？你怎麼突然開始做平常不會做的事了?」

邁可森被穿著粉紫色雪紡襯衫的矮妖精說了幾句，臉又變紅了。

「嗯，該怎麼做才能讓他們準時入睡，不要做其他的事呢?」尼古拉斯苦思。

「達樂古特的助眠糖果派不上用場嗎?」

達樂古特搖搖頭。

「那個只有讓入睡者睡得更熟的效果。」

「還是從別的地方獲利來填補 No Show 造成的損失?想要的話，我可以分享一些訣竅給你們哦。」妖精老大端起架子說道，彷彿他有什麼妙招一樣。

「要怎麼從其他地方獲利呢?」佩妮好奇問道。

她還記得剛開始到各個樓層參觀的時候，莫格貝莉滔滔不絕地說奸詐的矮妖精的壞話。當時她說矮妖精用卑鄙的手段賺了很多夢境費。

「我們是怎麼擴大版圖，轉戰到主街的，你們一定很好奇吧?本人今天心情好，就破例跟你們說說吧。」

妖精老大走到桌子正中央。

「如果『飛天夢』賣給一百名客人的話，我們大概可以從其中收到六十個人左右的夢境費。通常收到的都是『解脫』或『神奇』。不過，也有不少『遺憾』或『失落』。在夢裡可以飛天，但是醒來的話就不行，所以客人才會產生那種情緒。你們應該都知道那種情緒不太値錢。所以啊，我們想到了一個辦法！」

妖精老大站到旁邊，讓聰明的妖精代爲說明。

「根據我們自己做的研究顯示，讓客人做『動彈不得之夢』的利潤比做『飛天夢』的利潤更高。所謂動彈不得的夢，就是雖然想逃跑，腳卻跟灌了鉛一樣沉重的夢，或是想揍一拳欺負自己的傢伙，身體動作卻很慢的夢。讓客人做這種夢的時候，我們收到的『解脫』夢境費多了很多。因爲他們睡覺的時候心裡悶得慌，只要醒過來就會感覺身體變得輕盈！」

他拿出小巧的計算機開始按。

「你們看，利潤差這麼多。這樣的話，No show 造成的損失也能輕鬆塡補。」

矮妖精得意地向大家展示計算機，但是其他人的反應很冷淡，讓矮妖精們有點慌張。

「看來大家還不明白……我們生意好都是有原因的。對了，邁可森！要不要拿你的惡夢和我們聯名合作啊？如果我們合力打造出『被可怕的人追趕卻跑不動之夢』，一定會大賣的！讓做夢者跑很久，但是能在被抓到前一刻醒來，這樣收到的夢境費應該會很可觀喔。」

矮妖精坐到邁可森的寬肩上勸誘。

「我才不會開那種幼稚的玩笑！」

邁可森用手指捏起矮妖精放到桌上。

「呵呵，莫格貝莉果然沒說錯。」達樂古特冷笑道。

「她說矮妖精送來的夢夾雜了跟商品名稱不一樣的夢，原來是眞的。」

達樂古特怒道，但態度不失沉穩。

「你們竟敢送來其他夢境魚目混珠，對客人進行測試。究竟把我們的店看成什麼了？」

他的嗓門一點也沒提高，但還是能感受到他止不住的怒氣。

「抱、抱歉。」

妖精老大察覺到事情的嚴重性，立刻道歉。

「你們要是再耍花招被我發現的話，我就解約。」達樂古特斬釘截鐵地說。

「達樂古特說得對。這種花招大家都知道，要是你們以爲大家是因爲不知道才沒這麼做，那可不行啊。」

奧特拉喝光最後一口紅酒，放下杯子。

「好，別再說這些無濟於事的話了，應該下個結論了吧？各位可都是大忙人呢。達樂古特，你的結論是什麼？」

達樂古特擺弄衣領，清清嗓子。

「唔，在我說出來之前，我希望大家聽完我這個老賣家的話，不會心裡有什麼不舒服。我只是想要以簡單直觀的方式來應對這個現象。」

「你這個人講話，開場白總是那麼長。」尼古拉斯催促道。

「結論早就出來了。剛才范喬，還有矮精靈就說過了，大家不睡是因爲在做比睡覺好玩的事。那樣的話，反過來想不就好了？」達樂古特笑道，彷彿這件事很好解決。

矮妖精端正坐姿，老老實實地聽他說話。

「製作出比那些有趣的事還要開心的夢，不就可以了？我相信各位製夢師有這個能力。」

短暫的沉寂後，傳來一陣爽朗的笑聲。

「結論就是只要我們多製作好夢，就不會發生這種事了？哎喲，還眞是當頭棒喝呢。」

尼古拉斯豪爽一笑。

「我剛才說的話沒這麼失禮吧。雖然我的確是這個意思，這一點我不否認。」達樂古特若無其事地說。

矮妖精們拍手叫好，說達樂古特的話都是對的。

「雖然有點空虛，不過會好像開完了。那我們乾杯，繼續享用剩下的食物吧？」

奧特拉舉杯。

「好。」

眾人高舉酒杯。尼古拉斯從位置上站起來，豪邁地大喊。

「大家都吃好、睡好、做個美夢吧！」

第六章
本月暢銷作品

十二月的最後一週，夢幻的街道閃閃爍爍。多虧薇瑟阿姨手腳快速地拿到裝飾品，夢境百貨才能裝飾得比任何時候都還要絢麗多姿。一樓到五樓的所有貨架都繞上了燈炮，看起來就像閃閃發光的珠寶盒。薇瑟阿姨提議也把商品包裝紙改成亮面材質，但是遭到二樓樓管邁爾斯的反對，因此計畫泡湯。

「您知道彩花亮片有多難清理乾淨嗎？」

街上的夜光獸也在租借用睡袍上加雪花刺繡，試圖營造氣氛，但是客人似乎對設計不是很滿意。

「這個好土，沒有好看一點的睡衣嗎？」

小孩撇嘴，夜光獸用粗厚的前腳修改衣服，冷冷地回答：

「不想穿這個的話，就穿暖和一點再睡。不要踢被子，睡覺姿勢老實一點。」

聖誕季節眼看即將結束。聖誕老人的威力果然很強，尼古拉斯拿來的夢境不僅熱銷，還供不應求。夢境不斷地賣出去，銷售量是其他主打兒童市場的夢境一整年加起來的量。

堆積如山的夢境一下就見底了，幸好尼古拉斯源源不絕地載著製作好的夢境送到店裡來。整個聖誕季節他都這麼忙進忙出的，彷彿夢境百貨就是他的第二個家。

繫著黃銅裝飾大腰帶的尼古拉斯，正忙著和員工一起卸貨搬到店裡。連刮鬍子的時間都沒有，所以早上匆匆吃下的吐司屑屑，還掛在濃密生長的白鬍鬚上搖來晃去。

小朋友客人興奮地站在用漂亮聖誕花環裝飾的夢境盒前面。穿著可愛睡衣的小男孩約莫六歲，正探著頭左看右看，很好奇盒子裡裝了什麼。

「這裡面裝的是什麼夢啊？」

「你希望是怎樣的夢呢？」佩妮溫柔地問。

「哦……我希望是就算我纏著爸爸一起玩捉迷藏，就算要玩一百年，他也不會要我別玩、趕我回房間的夢。」

「說不定眞的是這種夢喔，也有可能是你長大變成厲害的大人的夢。小朋友喜歡什麼，聖誕老人都知道喔。你一定會夢到很棒的夢。」

「眞的嗎？但是我平常很愛哭……聽說聖誕老人不會送禮物給愛哭的小孩。這是我爸爸媽媽說的。」小朋友一副快哭了的樣子。

「那個你不用擔心。」佩妮對著他的耳朵說悄悄話。

「那是爲了不讓小孩子在聖誕節那一天哭著耍賴說不想睡，聖誕老人故意散播的傳聞。」

「眞的嗎？」

小孩圓圓的眼睛睜得更圓了。

「你想想看，如果你們這些小客人耍賴不想睡的話，不是就不能買走聖誕老人準備的夢了嗎？我跟你說一個祕密，如果這個季節的夢賣得很少的話，聖誕老人也會很頭痛的。」

佩妮想起尼古拉斯家裡的華麗裝飾和美食。要是錯過這一年一度的節日旺季，就很難繼續享受那種高品質的生活。

從時間上來說，最晚迎接聖誕節的南太平洋薩摩亞小朋友是最後一批客人，然後暴風般的聖誕季節就此結束。薇瑟阿姨請了長假，要和家人一起度過年末。

「這是我親自製作的休假批准軟體。只要員工指定好休假日期，達樂古特就可以審批，但是我都弄出這麼一個軟體了，他還是不知道要怎麼用，所以核假的人也是我。我把系統改成了自動批准。不管妳什麼時候想休假，儘管輸入日期就對了，反正達樂古特也不在意。」

薇瑟心情輕鬆地下班了。

在那之後，達樂古特和佩妮一起顧前檯。尼古拉斯將最後一批貨搬到店裡，占據前檯的椅子癱坐在那。

「達樂古特，有什麼夢適合在深度休息的時候做嗎？給我推薦一下吧。這次回去之後，我要狠狠睡個三天兩夜。我眞的好累啊，看來我也老了。」

達樂古特挑了幾個夢，在他的旁邊坐下。腳很痠的佩妮也悄悄坐了下來。爲了配合小朋友的視線，整天蹲了又站，站了又蹲，膝蓋痛得很。

尼古拉斯的手伸進用黃銅腰帶束好的羊毛厚外套深處，掏出一瓶大大的玻璃瓶。裝著黑色液體的那個玻璃瓶結了一層薄冰，就像曾經埋在萬年雪山一樣。

三人一起分享這瓶充滿碳酸的暗紅色神奇飲料。瓶身上寫了：「含有百分之十七的『爽快』」。喝一口便覺得喉嚨有種灼痛感，爽快的感覺在嘴巴裡瀰漫開來。那種滋味就像把凝聚成一團的清晨空氣含在嘴裡。

「這個好好喝喔。」

佩妮嚐過味道之後，又倒滿一杯來喝。

「如果再來一口烤得酥酥脆脆的豬肉，就再好不過了。疲勞應該也會一掃而空……」

尼古拉斯的口水快流下來了。

「總之，選擇製作夢境來賣眞是明智的決定。要是和我的遠祖一樣，到現在還是騎著馴鹿挨家挨戶送禮物的話，聖誕老人早就消失了。因爲最近那個叫防盜鎖什麼的東西有點難搞。但是現在只要等小朋友準時入睡，自己來買走夢境就可以了，這樣多方便啊？我的收入也更好！」

尼古拉斯用食指比出算錢的樣子。

「其實以前還要負擔馴鹿的糧食費用啦、禮物費啊，錢不是很夠用，所以也去不了幾家。那麼多的禮物費，我哪有辦法全部自己吸收啊？」

「在像我們這樣站穩腳跟之前，祖先吃了很多苦。尼古拉斯你也是每年都很辛苦。對了，今年的銷售量好像比去年更高，你覺得呢？」

達樂古特一邊問，一邊又倒了一杯飲料。

「老實說，我覺得好像差不多。去年本來就賣了很多。不管怎樣，今年的年末頒獎典禮暢銷作品獎也是我的囊中物了吧。達樂古特，你知道嗎？如此一來，我就連續十五年獲獎了，十五年啊！這個紀錄真的很了不起。哈、哈、哈。」

尼古拉斯以特有的自信口吻說道。

佩妮總是和家人一起收看年末頒獎典禮，所以知道他說的是事實。年末夢境頒獎典禮除了崇高榮譽的大獎之外，還有基於作品風格所頒發的新人獎、美術獎和劇本獎等等。

不過，唯獨暢銷作品獎是以十二月整個月的銷售量來決定得獎者。從佩妮還很小的時候，每年的得獎人就一直都是「聖誕老人」。只是聖誕節一過，尼古拉斯又會窩在小屋之中，不出席頒獎典禮，所以她先前並不知道那個厲害的聖誕老人就是現在坐在自己對面的這個人。

製作出暢銷作品的製夢師對振興經濟功不可沒，因此可以獲得協會準備的獎金，聽說金額還不小。佩妮現在總算能猜到，尼古拉斯怎麼會有錢買下那棟過於奢華的房屋和裡頭的家具。

「今年的獎金要拿來幹麼呢？話說，去年協會連同獎金特別致贈了十瓶『心動』給我當作額外獎勵。因此我才能保持雀躍的心情，等客廳的擴建工程完工。等待的時候，我一點也不覺得枯燥。真希望今年能收到五瓶『溫馨』當作額外獎勵。」

「你打算用在哪啊？」

達樂古特很好奇。

「噢，我的老朋友啊，你一定也要買些『溫馨』像我這樣試試看。你坐過我家的椅子應該就知道吧？坐下去的瞬間，你不覺得整個身體被包覆住，從頭到腳受到保護嗎？把『溫馨』裝到噴霧器裡，有空的時候對家具噴一噴，效果可以維持一週之久。讓你一回到家，就有種屋內變得煥然一新的感覺。正好我買的那一瓶今天用完了，但是最近價格飆得太高，我實在買不下去啊。要是能送那個當額外獎勵給我就太好了。」

尼古拉斯說得好像得獎人確定就是他。但佩妮覺得他那麼有自信也是理所當然的。畢竟這是「年末」頒獎典禮，所以只以十二月的當月銷量來決定暢銷作品得獎人，也因此聖誕老人的作品絕對大勝其他製夢師。

佩妮忽然覺得，說不定年末頒獎典禮也在尼古拉斯的考量範圍之內，所以他才會只在十二月販售夢境。或許有人會覺得他城府深，不過佩妮還是十分讚嘆他的強大企畫能力。

不久後，尼古拉斯準備就緒，坐上停在店門口的車，要返回萬年雪山上的家。這輛車不僅車型扁平，車頂也是整個敞開，看起來就像一輛超大型雪橇。

「今年的年末頒獎典禮，你也會跟員工一起在店裡收看嗎？」

尼古拉斯一邊發動車子，一邊問達樂古特。

「員工沒意見的話，我是打算這麼做。我還想邀請員工的家人來。你今年要不要也過來一起看？」

「那種氣氛總是會讓我感到尷尬。你也知道，我是極有可能獲獎的入圍者之一呀。我還是待在家裡一個人安靜地收看比較好。」尼古拉斯哈哈大笑。

「我的老朋友，保重啊！下次再見。旁邊的年輕人也辛苦了，以後再來我家玩吧。」

尼古拉斯和藹地跟佩妮道別。他的車消失於遠處的巷弄之中，只留下轟隆作響的引擎聲。

尼古拉斯回到萬年雪山上的小屋後，今年也進入了最後一週，夢境百貨的來客人數明顯減少了許多。佩妮觀察常客的眼皮秤，這才發現就連總是準時光臨的客人也慢了好幾個小時才來。甚至有的客人來到店裡之後，就只是有一搭沒一搭地逛，邊說著「我還是好好睡一覺吧」，邊兩手空空地離開了。這些客人的眼周都有一圈很深的黑眼圈。

「大家不早點睡，都在做什麼呢？」

「年底到了，大家的聚會都很多啊。因爲一年要過去了很可惜，所以想多把握一天也好吧。選擇盡量在外面度過，回到家就累得倒頭大睡之類的？」達樂古特似乎不怎麼在意。

「其他樓層我是不知道，但是一樓的銷售量下滑了很多。再這樣下去，尼古拉斯爺爺應該可以蟬聯十五年，順利拿到暢銷作品獎了。因爲光是聖誕季期間他的作品裡就賣了那麼多。」

「這個嘛，總是會有意外的黑馬出現。」

佩妮看到他的表情，便有預感今年會有什麼變數。

「有哪個夢賣得跟聖誕老人的夢一樣多嗎？是哪位製夢師的夢？難道出現了我不知道的重磅新人？」

「不是新人啦。那個人的夢每到這個時節就會熱賣。銷售量足以跟尼古拉斯分庭抗禮，因此急速躍升為年末頒獎典禮的黑馬。只是那個人不太愛出風頭，所以大家都沒發現。不過，他今年的表現確實很亮眼。」

佩妮忍不住好奇地問。

「您說的是誰啊？是我也認識的人嗎？」

「嗯，與其直接跟妳說，我還是跟往常一樣給妳點提示吧？」

達樂古特果然不會直接給出答案。幸好佩妮現在已經完全適應他的作風了，所以耐著性子，仔細聽他給的提示。

「聖誕節和年末這段時間，表面上看起來幸福洋溢，繁華熱鬧，但是其背後也存在著孤寂與空虛。從那些積極安排約會行程或晚睡的客人身上，妳應該看得出來吧。」

「嗯，其實我也是那樣。就好像年底不能過得跟平常一樣普通？而且也不想太早回家。」

「那妳覺得年底的時候誰最孤單呢？」

佩妮毫不猶豫地回答他的提問。

「像我這種年底這幾天沒有約會，只能工作的單身人士。」佩妮回答得那麼有自信，內心卻又默默希望這不是正確答案。突然要接受這個事實，總覺得有點心酸。

「雖然不算是錯誤答案，但不是我這個問題的正確答案。」

「那樣的話……是等子女回家等到很晚的父母嗎？」

「這個說法也不無道理。」

「意思是這也不是正確答案啊。好難猜喔，我需要多一點的提示。」

「如果我說是不太常來前檯，一進門就搭電梯去四樓的客人，那妳應該知道是誰了吧？」

四樓是午覺夢區，主要客源是常睡午覺的老年人，或是睡覺不分晝夜的嬰兒和動物。佩妮還是想不到答案。

「很難猜嗎？哦，說曹操，曹操就到呢。」

佩妮立刻把頭轉向達樂古特指向的入口。小狗和貓咪成群結隊，從入口魚貫而入。在這群動物最前面帶頭的是一隻晃著尾巴的老犬，牠旁邊那個衣衫襤褸的年輕男子揹著和自己的身體一樣大的背包站在那。大背包上又捆了好幾個包袱，看起來就像街頭賣雜貨的人。

「愛尼莫拉．范喬！我正在等你呢。」

「達樂古特先生，您好。佩妮小姐也在啊，近來過得還好嗎？」

佩妮難掩高興的神情說道：「范喬先生，又見面了！」

「四樓的史皮杜樓管直接聯絡我，說貨都賣完了。哈哈，你都不知道他催得有多急……」

連范喬也會怕史皮杜，佩妮對他的能力甘拜下風。

「所以我趕緊追加製作，做好之後立刻來了這裡。其實，我因爲太久沒下山，所以還迷了路。要不是有這些傢伙，我一定還在旁邊的巷子裡找路。」

一起進來的動物發出哼哼叫聲，磨蹭他的身體。他一邊溫柔地撫摸牠們，一邊低聲說話，彷彿能聽得懂動物說的話。

「原來如此，希望我的夢能幫到你們。」

「您可以聽懂動物在說什麼？」

佩妮協助范喬放下背包。

「雖然沒辦法完全聽懂，但是專心聆聽的話，就能知道牠們在說什麼了。」范喬微微臉紅，害羞地說。

「哇，眞的嗎？太神奇了！」

佩妮的視線輪流在范喬和緊貼在他旁邊的老犬之間徘徊。毛掉得坑坑巴巴的那隻狗也對佩妮搖了搖尾巴。

「我去四樓參觀的時候，這隻狗正在午覺夢區挑夢。當時……沒錯，是在『和主人一起玩之夢』那一區。所以這位客人剛才是在跟范喬先生說什麼悄悄話嗎？」

「牠說主人一家人很晚了都不回家。」

老犬又可憐兮兮地發出一陣叫聲，范喬點點頭，輕拍安撫牠。

「牠還說很擔心大家在外面是不是出事了。雷歐，你放心。睡一覺起來，你的家人都會回到家的。你要做做看我帶來的夢嗎？我又製作了你喜歡的『散步之夢』。旁邊的小傢伙也各自挑一個吧，這裡多的是夢！」

老犬雷歐和其他動物團團圍繞在范喬背包的旁邊，讓佩妮突然意識到達樂古特說的黑馬是誰。

一家四口居住多年的公寓，至今也依舊保持整潔乾淨。此刻家裡沒人，中年夫妻出門參加攜伴出席的年末聚會，兒女也和各自的朋友去聚會了。在這僅留一盞小燈的屋裡，十二歲的老犬雷歐正在酣睡。

白天的時候，雷歐乖乖趴在陽臺等待家人，咬著老舊的玩偶到每個房間晃晃，當作是這一天的散步。太陽下山，周圍暗了下來，自動感應燈亮起，但是屋裡仍舊一片寂靜，老雷歐這時能做的事就只有睡覺。幸好現在歲數大了，睡意來得很快。雷歐陷入沉睡，剛好正在做艾尼莫拉·范喬製作的夢。范喬給的是「散步之夢」，所以雷歐在夢裡興奮地活蹦亂跳。

嗶、嗶、嗶、嗶。

就在此時，傳來一陣某人按大門密碼的聲音。今天格外沉醉於夢境中的雷歐醒不太過來。有人走近的聲音讓牠反射性睜開眼睛一下，隨即又半夢半醒地再次入睡。

碰巧在公寓入口相遇的一家四口，一起進了家門。

「你們兩個怎麼回事？竟然在十二點之前就想到要回家？」

爸爸站在鞋櫃前問女兒和兒子。

「就是說啊，我還以爲你們會比我們更晚一些才回來呢，長大懂事啦？」媽媽也補了一句。

「就今天沒什麼好玩的，有時候也會遇到這種情況嘛。」

女兒敷衍地回答。

「雷歐，我們回來了。」鞋子都還沒脫掉的女兒開始找雷歐。

「好像是因爲我們太晚回來，牠在生我們的氣，都不跟我們打招呼，一直在睡耶。」

「飯也一口都沒吃。」

兒子打開客廳的燈，確認雷歐的飼料碗。

「姊，妳不要吵醒雷歐啦，牠不是睡得很香嗎？」

「好啦。不過，你們快過來看看牠。」

女兒外套也沒脫，緊緊依偎在雷歐身邊，一邊笑一邊叫大家過來。

「怎麼了？」

一家人很快地圍坐在雷歐身邊。

雷歐四腳朝天躺在墊子上，短短的腿伸向天花板，像在奔跑一樣，跟著節拍亂動。

連嘴角都上揚了。

「牠應該是在夢裡奔跑玩耍吧，眞的太可愛了。」

兒子興奮地打開手機相機。

「牠的腿不好，也不能太常奔跑。這個小傢伙是多想跑步呀，還做夢了……」

爸爸突然哽咽。

「養了雷歐之後，你變得好多愁善感，養他們兩個的時候你可沒這樣。」

媽媽數落一番。

「別坐在這了，我們現在去散散步，怎麼樣？我們好久沒有一起到社區逛一圈了。」

剛才還睡得不省人事的雷歐因爲「散步」兩個字，忽然睜開眼睛。雷歐一覺醒來發現四個人都回來了，一時不知道要先開心迎接誰才好，猶豫得在原地轉圈圈，賣力搖晃起毛都掉了大半的尾巴。

今年的最後一天，店員爲了收看「年度最佳夢境」頒獎典禮，早早關好商店的門，三三兩兩聚集在一樓的大廳坐著。空空的貨架和展示櫃都往牆壁推，倉庫裡的折疊椅全拿出來放，看起來有模有樣的空間立刻就準備好了。

「年末頒獎典禮果然還是要在店裡和大家一起收看最有意思！」

五樓的毛泰日和其他店員一起坐在最後一排，一一掏出自己帶來的零食。雖然今天是休假日，但是他們爲了用大螢幕收看頒獎典禮而來到店裡。也有些員工帶著年邁的父母、一起生活的貓咪或小女兒來。

矮精靈想必是毛泰日邀來的，他們在空中忙碌地飛來飛去，幫忙炒熱喧騰的氣氛。矮精靈一唱起製作鞋子時唱的勞動歌，莫格貝莉隨即掩住耳朵，彷彿在抗議太吵了。熱鬧的氣氛，再加上多到滿出來的飲料食物，讓佩妮莫名激動期待。

另一方面，達樂古特早在半小時之前就把投影機使用說明書夾在腋下，努力地想把頒獎典禮畫面投射到大廳的螢幕上。他今天穿的是舒適的牛仔褲，搭配合身的長袖T恤。

「達樂古特先生，還沒好嗎？要不要換我試試看？再這樣下去，上半場都要錯過了啦！美麗動人的娃娃・眠蒂被鏡頭捕捉到的每一個畫面我都不想錯過……」

「快好了。畫面怎麼還是黑的呢？」

達樂古特堅持要自己弄好。

「頒獎典禮開場三十分鐘左右了，現在應該快要頒『新人獎』了吧，接下來就輪到『十二月暢銷作品獎』。錯過那個獎項也沒差啦，不用看也知道是尼古拉斯得獎啊。」

聽到有人這麼說，佩妮心急了起來。比起其他獎項，她最想知道暢銷作品獎會獎落誰家。其他人都認爲這次也會由尼古拉斯奪下，但是佩妮從達樂古特那裡聽到了風聲，滿心期待艾尼莫拉・范喬可以獲獎。

其實誰得獎都沒差，只是佩妮一想到他養的那些大胃王狗狗，還有他那一身破破爛爛的衣服，就暗自盼望他至少可以在今年拿到獎金。

就在此時，佩妮瞧見插反的二芯電線。趁著達樂古特分心重新詳細閱讀使用說明書的時候，佩妮走過去假裝替他倒飲料，迅速地將電線換了過來插上去。

「達樂古特先生，現在畫面好像正常顯示了。」

「我果然辦到了！看吧，就說我不是機械白癡。薇瑟應該也要在場見證這一幕的。」

佩妮敏捷地在莫格貝莉和達樂古特之間找了個位置坐下。

超大型螢幕出現了清晰的轉播畫面。鏡頭正在拍觀眾席，席間坐滿了服裝爭奇鬥豔的製夢師。

維果．邁爾斯縮在角落，一邊看螢幕，一邊啜飲幾口烈酒。

「我應該也要在那裡的……」

他已經有點喝醉了。

「這裡還有小孩耶，怎麼可以喝酒啊？」

坐在螢幕前的莫格貝莉回頭看邁爾斯說道。

「妳哪裡會明白我的心情……」

喝醉的邁爾斯就像變了一個人一樣。

「不過，邁爾斯先生為什麼會放棄當製夢師啊？」佩妮問莫格貝莉。

「我也很好奇這一點，還很想知道他為什麼會被大學開除學籍。不管怎樣，就算大學沒畢業，還是有辦法當製夢師啊。他現在這麼懊悔遺憾，當初又為什麼要放棄呢？」

莫格貝莉好奇地說。

「看來我們得等邁爾斯再醉得更厲害一點，才有機會知道了。」

畫面上不斷出現知名製夢師，店裡的氣氛瞬間熱絡起來。

「你剛才看到了嗎？娃娃．眠蒂今天果然也超美的！」

「吻格魯這次又是頂著大光頭出席？他又失戀了嗎？嘖嘖。」

鏡頭緩緩帶到舞臺上的主持人。

「各位觀眾，這裡是舉行今年夢境頒獎典禮的夢想藝術中心。現場氣氛十分火熱。獲得新人獎的霍桑黛夢娜還在觀眾席淚流不止。霍桑黛夢娜，恭喜您得獎！」

主持人又朝觀眾席鼓掌了一次。

「好的，頒獎時間有點延誤了！這次要頒發的是『本月暢銷作品獎』。在十二月一整個月裡，創下最高銷售紀錄的究竟是哪個夢境呢？今年的得獎人也會是聖誕老人嗎？果眞如此的話，那他就會創下連續十五年蟬聯大獎的驚人紀錄。讓我們來看看入圍的候選人吧！」

畫面立刻切割成四格畫面，投射出四名候選人。今年也照例沒出席頒獎典禮的尼古拉斯那塊分格畫面上寫了「聖誕老人」大大四個字，剩下的候選人突然被拍到臉，露出吃驚的表情。

製作「戀愛/浪漫夢境」的吻格魯不好意思地摸摸圓滑的光頭笑了。製作「奇幻/科幻電影夢境」的賽林．格洛克先是嚇了一大跳，隨即好整以暇地送出飛吻，報答大家的歡呼聲。但是最後一位候選人不曉得有多驚訝，露出彷彿有根粗魚刺鯁在喉嚨的滑稽表情。

「這怎麼可能？怎麼會是艾尼莫拉．范喬！」

坐在佩妮正後方盯著畫面的史皮杜大喊。雖然他是四樓的負責人，但是他萬萬沒想到范喬會入圍。范喬如達樂古特所料，以入圍者之姿出現後，佩妮開心得心臟怦怦跳。

適當地賣了一下關子的主持人乾咳幾聲，開始說話。

「唔唔，那現在要公布得獎人了。整個十二月最受歡迎的製夢師是……」

佩妮握緊拳頭，暗自祈禱，拜託、拜託……坐在旁邊的達樂古特也跟著緊張起來，口乾舌燥。

「這眞是太驚人了。出現新的得獎人了！『本月暢銷作品獎』的得獎人是『艾尼莫拉．范喬』！」

主持人一說完，到處爆出夾雜驚呼聲的吶喊。佩妮和達樂古特坐著大喊萬歲。

「范喬先生，請您快點到舞臺上來。誰快去把他搖醒啊，他好像嚇到全身僵硬了！」

在主持人的呼喚下，糊里糊塗上臺的范喬收下獎金信封，一副不敢置信的樣子，嘴巴都快掉下來了。他身上那套好像是匆忙從二手衣店借來的舊西裝，雖然大了點，但是還滿適合他的。

「范喬，快點和全國各地的粉絲發表你的精采得獎感言。」主持人幽默地催促他。

「喔、喔！我……我沒想到會得到這個獎項。不、不對，老實說，我的確覺得這個月賣得很好，總之，眞的很感謝大家。我最想感謝的是我的常客，也就是……雷歐、小黑、Lucky、小白、仔仔、炭兒、饅頭、小愛、娜娜、巧克力……啊，抱歉，全部都說出來的話，頒獎典禮應該也播完了，我就說到這裡吧。孩子們！雖然你們應該看不到這個轉播，但是可以遇到你們，我眞的覺得很幸福，而且我還獲得獎金了。」

范喬拿起獎金信封展示。

「我會用這個製作更多的美夢，所以你們不要生病，要吃好睡好，長命百歲。」

范喬一一說出動物朋友的名字時，整個人好像也跟著放鬆了，滔滔不絕地說出得獎感言。

「還不到幾年前，我的夢想就是在達樂古特先生的夢境百貨陳列我的商品。而這個夢想才實現沒幾年，我竟然就拿到了這個獎項，眞的是令人難以置信。達樂古特先生！您正在看電視嗎？謝謝您願意相信一無所有的我，和我簽約。」

一提到達樂古特的名字，整間店的人歡聲雷動。

「欸，我的名字呢？」只有史皮杜一個人啞然失色。

「還有……我們大家的聖誕老人，尼古拉斯，您正在家裡收看頒獎典禮吧？一直以來，我很想成爲能替小孩和動物打造幸福世界的大人。然後我知道了您的存在，您早就在製作讓小孩幸福的夢了。我十分景仰這樣的您，所以跟著住在萬年雪山上，下定決心要製作專門給動物做的夢。尼古拉斯先生，我知道您每天早上都會在我家門口放一堆食物或木柴之類的東西。如果不是您的話，我應該很難熬過寒冷和飢餓。我所敬愛的尼古拉斯先生！現在我得到『本月暢銷作品獎』了，明年您將目標放在大獎吧！我會帶著好酒去小屋找您玩。哦，主持人剛才對我使眼色，暗示我說太久了。」觀眾席爆笑。

「我要下臺了。非常感謝各位，新年快樂!!」

回到觀眾席的時候，大家都眞心實意地爲他鼓掌，恭喜他得獎。

以艾尼莫拉．范喬爲首，頒獎典禮發生了天翻地覆的變化，店員開始對接下來的得獎人做出各種猜測。喝醉後聲音變大的毛泰日和邁爾斯正在角落激烈地討論著。

「大獎會獎落誰家呢？今年應該也是由五大傳奇製夢師之一奪得大獎吧？」

「一定是。我覺得娃娃．眠蒂的『生動的熱帶雨林之夢』很有可能會拿到美術獎，所以大獎應該是由踢克．休眠或亞賈寐．奧特拉拿走吧。每年都是他們幾個橫掃獎項……眞的很厲害……」

「你怎麼排除了頌兒．可可和道濟？」

毛泰日好奇地問。

「喂，道濟既不在頒獎典禮上露臉，今年也沒有推出什麼像樣的新作品啊。可可女士早就靠劇情差不多的作品拿過好幾次大獎了，今年應該沒什麼希望。毛泰日，你等著看，大獎不是踢克．休眠的『在懸崖上變身為老鷹翱翔之夢』，就是亞賈寐．奧特拉的『將心比心系列第七號作品：成為我欺負過的人三十日體驗之夢』。」

正如邁爾斯所分析的，美術獎由娃娃．眠蒂的「生動的熱帶雨林之夢」奪得。畫面濃縮播放了一小段娃娃．眠蒂的得獎作品，她所呈現的熱帶雨林美得不像這個世界上會有的東西。她不僅使用了華麗的色彩，陽光投射進來的方向和隨時間改變的熱帶雨林多采多姿的樣子，神祕得令人稱奇。佩妮一下就明白為什麼評審委員會一致同意頒獎給她。

「不對、不對，如果我是評審委員的話，我就要把美術獎頒給眠蒂小姐，而不是她的作品。因為她比作品還要美多了……」

畫面一出現娃娃．眠蒂的臉，史皮杜就像快被吸到畫面裡一樣。

「走開啦，史皮杜，你擋到畫面了。」

喝醉的邁爾斯大聲嚷嚷。

「還有，你的頭髮也綁一下，每天都在地板上拖來拖去的……」

繼新人獎之後，霍桑黛夢娜又獲得了劇本獎，成爲雙冠王。她激動地流下眼淚，話都說不下去了。她以「群體中的孤獨」同時奪得劇本獎和新人獎。簡單來說，那個作品是在夢裡被當成透明人對待的夢。評審委員讚賞有加地表示，她把現代人渴望獲得關注的心理困在極度孤獨的情況中，藉此讓做夢者內在的情感爆發。

不過，邁爾斯好像不以爲然。

「太不像話了。那種夢從我三歲的時候就有了。把退了流行的夢改個名稱，就拿出來賣。她騙得過那些評審委員，但是逃不過我的法眼。」

不久後，頒獎典禮只剩下年度大獎還沒頒發。轉播期間，毛泰日到處問人「踢克・休眠」和「亞賈寐・奧特拉」之中誰會奪得大獎。

「佩妮，妳會選誰？」

「猜對的話有獎品嗎？」

「啊，對耶！妳今年是第一次在店裡收看轉播吧？猜到大獎得獎人的員工可以獲得一張商品兌換券。達樂古特先生會送答對者商品兌換券，那個可以免費兌換店裡的任何一個夢境。這也算是年末頒獎典禮的高潮呢。」

「這是眞的嗎？」

佩妮驚訝地看向旁邊的達樂古特，他露出哭笑不得的表情代爲回答。

「去年有一百多人猜到大獎得獎人，所以才剛邁入新年，達樂古特就快破產了。大家都只拿貴到不行的夢。」

佩妮煩惱了許久之後，在毛泰日給的紙上寫下「踢克・休眠」。除了踢克・休眠和亞賈寐・奧特拉之外，也有很多人寫冷門的製夢師名字。莫格貝莉的名字旁邊寫的是「主廚格朗豐」這個陌生名字。

「莫格貝莉樓管，主廚格朗豐是誰啊？」

「啊，是我常去光顧的商店老闆。他只會製作吃東西的夢來賣，給我的減肥計畫幫了很大的忙。多虧有他的夢，我才能在減肥的時候，在睡夢中大嗑著條。雖然問題是醒來之後會很想要繼續吃。總之，對我來說他是最棒的製夢師。啊，好像要開始頒發大獎了！」

表演節目轉眼之間就結束，爲了頒發大獎換上華麗西裝的主持人又回到了舞臺上。

「好的，我的手上現在有兩位年度大獎入圍者的資訊。究竟今年的最佳夢境是哪一個夢呢？」

主持人慢慢地從手上的信封中抽出寫有入圍者姓名的紙。

「哦，是這兩位啊。我現在就來公布入圍者！踢克．休眠的『在懸崖上變身爲老鷹翱翔之夢』，以及亞賈寐．奧特拉的『將心比心系列第七號作品：成爲我欺負過的人三十日體驗之夢』！」

聽到邁爾斯的猜測命中，二樓員工立刻起身向他鼓掌，表示敬意。邁爾斯心情變好，嘴角微微抽動。

「大獎將會是這兩項入圍作品的其中一個！我現在好像可以聽到全國粉絲嘶聲力竭地大喊入圍者的名字，在電視機面前收看的各位也一起喊出您支持的入圍者名字吧！」

主持人才剛說完，店裡的所有人就連聲呼喚「休眠」和「奧特拉」。佩妮也跟著其他人大喊「休眠」，激動不已，彷彿身處進行決賽的體操競技場。

「年度最佳夢境！光榮的大獎……」

主持人稍作停頓，兩人的支持者吶喊喚名速度慢慢加快，愈來愈響亮的聲浪幾乎快把屋頂給掀了。畫面裡的主持人等氣氛達到最緊張的高潮，吞了一口口水，對著鏡頭大喊：

「年度大獎的得獎作品是踢克．休眠的『在懸崖上變身爲老鷹翱翔之夢』！」

歡呼聲和嘆息聲同時響起。佩妮和在紙上寫了「踢克．休眠」的人抱在一起轉圈圈。雖然有很多不認識的員工家屬，但是大家一點也不在意，一同分享喜悅。

毛泰日把外套舉在頭上揮舞歡呼，看起來是投給亞賈寐．奧特拉的史皮杜則難過地靠在牆上。不僅是夢境百貨，整條巷子都熱鬧歡騰。

佩妮瞥見店外有一群夜光獸一邊奔跑，一邊發出高興的歡呼聲。她覺得阿薩姆一定也在其中，他可是踢克．休眠的熱血粉絲。

觀眾席的亞賈寐．奧特拉向踢克．休眠送上真誠的祝賀，兩人緊緊擁抱後，踢克．休眠慢慢走到臺上。短暫被鏡頭拍到的娃娃．眠蒂激動地摀住嘴巴，彷彿得獎的是她本人。

「評審委員的評價是，休眠以天才般的表現手法，呈現站在險象環生的懸崖上那股迫切心境，還有在頭暈目眩的墜落瞬間展開翅膀，直直沖上雲霄、身爲老鷹的感覺。休眠先生，恭喜您得獎！」

踢克．休眠慢慢移動到舞臺的時候，主持人認眞吟誦事先準備好的臺詞。

踢克．休眠終於走到臺上了。光是他的登臺，就足以讓全場瞬間安靜。肌膚黝黑健康，眉毛濃密，下顎線稜角分明，眼眸烏黑的他，拄著拐杖站在臺上。踢克．休眠生下來便沒有右腿膝蓋以下的部位。

「非常感謝如此光榮的瞬間又降臨在我身上。」休眠開口。

他的說話聲因爲高興而微微顫抖，但是些微的緊張被他身上散發的壓倒性氣勢蓋了過去，沒人放在心上。

「過去我好像說了很多陳腔濫調的得獎感言。今天，我想說說我自己的故事，不過可能會有點枯燥就是了。」

休眠一開口，就連到處走動的毛泰日也安靜地坐下了。

「如各位所見，我是一個行動不便的人。」

休眠舉起其中一邊的拐杖指向右腿。

「十三歲的時候，我在老師的指導之下，第一次製作了變成動物的夢。那個夢各位都知道，就是『成爲橫越太平洋的虎鯨之夢』。」

觀眾席傳來小聲的讚嘆。

「當大家讚嘆說，做完我的夢感覺到極度自由的時候，年幼的我在思考的卻是自由的不完整性。我可以在夢裡走路、奔跑，甚至還可以飛，但是夢醒之後就都辦不到了。陸地上的虎鯨無法逍遙自得，大海裡的飛鷹無法自由自在。萬物享受的都是有限的自由，差就差在程度和形式上的不同。」

踢克．休眠來回看攝影機鏡頭和觀眾席。

「各位什麼時候會感到不自由呢？」

他向屏息凝望的眾人提問，彷彿在和大家對話。

「無論困住各位的是空間、時間，還是和我一樣的身體缺陷……都請各位不要專注在這上面，把精力放在尋找活著的時候能讓你感到自由的事物吧。在尋求的過程中，有時候也會有如站在懸崖盡頭上岌岌可危。今年的我就是這樣。爲了完成這次的夢境，我不得不做墜落懸崖的夢，逼自己夢到成千上萬遍。但是，就在我下定決心不要低頭看懸崖，而是選擇踩在懸崖邊往上飛的那個瞬間，方才完成這個化身爲老鷹展翅高飛的夢。祝各位的人生也會迎來這個瞬間。如果我製作的夢能給各位帶來靈感，那我就別無所求了。謝謝評審給我這麼大的一個獎項。」

現場掌聲如雷。踢克．休眠彷彿說完了事先準備好的得獎感言，停頓一會，看向耐心等候的主持人，感謝他沒有打斷這一長串的得獎感言之後，又對著鏡頭開口了。

「還有，今天有些話我一定要說出來。我要謝謝不遺餘力，幫忙製作我的夢境背景的娃娃．眠蒂。深邃大海、廣闊天空、時而和煦的田野，我想將所有的光榮獻給送我這些場景的妳。在未來的日子裡，我也想和妳長長久久地走下去。」

哽咽的娃娃．眠蒂入鏡，觀眾席不斷傳來吹口哨聲和歡呼聲。

「我的天啊，眞是一對天造地設的情侶！」莫格貝莉高興地說。

史皮杜癱坐在螢幕面前。

「全國的觀眾朋友，今年的大獎由踢克．休眠奪得。對休眠的熱血粉絲來說，今晚想必是美好的一晚！」主持人接過麥克風。

「感謝各位長時間的收看。我是頒獎典禮主持人巴瑪迪翰。祝各位在即將到來的新年裡也能做個美夢！」

頒獎典禮結束後，店裡依舊熱鬧非凡。大家還在聊個不停，激動地分享彼此對頒獎典禮的感想。

令人驚訝的是，興高采烈的莫格貝莉和矮妖精相談甚歡。

「哦哦，你們在替我整理頭髮嗎？」

矮妖精飛到她的頭上，幫忙整理冒出來的髮絲。她拿著手鏡，東看西看，很感謝矮妖精。

「我的頭髮好像變得烏黑亮麗了，頭髮細毛也藏得天衣無縫！謝啦。」

佩妮覺得她的頭有一股刺鼻的鞋油味，不過還是努力裝作不知道。

佩妮原先打算這就去問問邁爾斯被退學的事，但是他早就醉得不省人事了，所以決定等下次有機會再問。

達樂古特默默起身，正在數要發給大獎答對者的商品兌換券。佩妮發現他手上的兌換券張數比答對者人數還要多，看來今晚對全體員工來說都是很有收穫的一天。

不知不覺間，在大街小巷溜達，看到店裡還開著燈的夜光獸走了進來。好奇店裡在熱鬧什麼的客人也紛紛加入。夢境百貨內部充滿節慶歡騰的氣氛。現在距離子時還有一分鐘。

三十秒、十秒、五秒……

達樂古特大聲倒數。

「三！二！一！新年快樂！」

和許多人一起度過今年的最後一晚，讓佩妮永生難忘。

第七章
Yesterday與苯環

星期五的早晨，男子坐在緊鄰窗戶旁的電腦桌前，來回看著螢幕和窗外。到處生鏽腐蝕的陳年紗窗網散發出發霉的灰塵味。男子拉開紗窗推到底，拚命吸入早晨的空氣。然後揉揉乾澀的眼睛，振作精神。

住在附近公寓社區的人們穿過男子家這條巷弄的拐彎處，要去地下鐵站。他住的這條巷子歪歪斜斜，地勢再低一點的話，一樓也能稱作半地下室了。若眞的是半地下室，月租還能便宜個五萬韓元。

「嗯，我正要去上班。下班後要見個面嗎？今天不是星期五嗎？」

邊走邊打電話的人聲、爲了趕上地下鐵搭乘時間而加快的腳步聲，外頭的世界散發出星期五特有的活力。看到窗外的人群，男子不由得心煩意亂。

「只有我這麼沒出息……一直關在這裡做音樂……沒有才華，只有遠大夢想的人，都是像我這樣嗎？要是有人能告訴我，什麼算貪心、什麼算熱情的話……」

好不容易抓住的甄選機會，期限逼近眼前，男子正在努力創作自己的歌曲，但是一首令他滿意的曲子也沒有。

男子很想當歌手，這是他畢生唯一的夢想。雖然年紀輕輕就加入小型經紀公司做準備，但是出道計畫不幸告吹。隨著時間過去，他再也不是二十出頭的少年，現在都二十九歲了。

今年年初，打工之餘上傳到社群平臺的歌曲影片中，有一支影片獲得了關注。某間規模不小的經紀公司邀他參加甄選，但是甄選結果讓他又回到了原點。

「風格比想像中的平淡無奇啊。不然，你寫寫看，自己創作歌曲，怎麼樣？到時候再重新甄選看看吧。我這是在給你第二次機會唷。」

男子拚命工作賺取生活費。雖然想去上作曲課或正式開始學樂器，但實在沒錢沒時間做所有想做的事。他拜託熟人在二手電腦裡安裝編曲軟體，笨手笨腳地自學作曲。

有時一個月賺到的錢，根本不夠應付生活開銷。有時勒緊褲帶度日，再加上運氣好一點的話，也會剩個幾萬韓元。儘管全力以赴，他的生活依舊原地踏步，毫無改善。

旋律線一改再改，唱到喉嚨發疼。如果想在甄選日之前完成歌曲的話，時間眞的很不夠。只要先有抓耳的旋律就可以了，然後再努力一下的話，好像就能做出滿意的歌曲來。男子因爲這麼想，才會徹夜思索，直到破曉。

此時的他兩眼發痠，雪上加霜的是，肚子還很餓。家裡沒有食物可吃，雖然附近有一間走路五分鐘就會到的便利商店，但是他不喜歡在上班時段去那裡。其他人去上班的時候，就只有自己一臉憔悴地穿過人群，逆向朝便利商店走去。男子實在討厭死這條路了。

男子收回發呆的視線，開始聆聽外頭的聲音。心想或許能從別人的腳步聲或說話聲獲得靈感，因此彈奏起軟體中的編曲鍵盤，將類似的聲音一一彈奏出來。

男子試著拿剛才路過打電話的人聲當成作曲動機，混合旋律。他想表現出下班後的人對週末的期待感、職場人士的從容不迫，但是曲子聽起來一點感覺也沒有。因爲路人即將迎來的幸福週末，是男子所沒有的東西，所以他連要模仿都模仿不出來。

自己能為了想做的事放棄什麼？男子必須做出選擇，最終放棄了與其年紀相符的平凡生活。

但是，他唯獨無法放棄歌手夢。就連想當歌手的那份心意也是他的一部分，他無法想像不當歌手的自己是什麼樣子。男子一直努力承受那樣的自己。

男子繼續作曲。在狹窄的房間裡，舊型電腦正在運行與之不匹配的高規格軟體，嗡嗡作響，彷彿隨時都有可能爆炸。心情急躁的他關掉所有作業軟體，然後打開搜尋引擎，想到什麼就打什麼。

「心情煩悶的時候」

「覺得自己什麼也不是的時候」

「有夢想沒才華的時候」

雖然搜尋到許多類似的問題，但是沒有一個是他想要的答案。

「一定要成功嗎？持續努力不懈的話，難道不算成功嗎？」

他現在想聽到的不是這個。

男子再次打開搜尋引擎，搜尋了「靈感」「inspiration」之類的單字。彷彿這麼做的話，靈感就會在他腦中浮現。

「靈感，產出創意事物的新穎想法或刺激。」

那是男子極度渴望，卻未能獲得的東西。

男子雖然覺得不可能靠網路搜尋就找到靈感，但是現在死馬也得當活馬醫，於是輸入更具體一點的搜尋詞。

「獲得靈感的方法」

數不清的影片和網頁文章大量湧現。

男子努力驅趕襲捲而來的睡意，畫面往下拉，很快地視線停在某個網頁上。

在夢中獲得靈感的天才

保羅．麥卡尼和披頭四的自傳都曾寫道，麥卡尼在夢中做了《Yesterday》這首歌的曲子。麥卡尼一醒來就急沖沖地跑到鋼琴前面，趁還沒忘記之前把音符演奏出來。令他擔心的是，會不會是其他人創作過的歌曲留在自己的潛意識裡，之後又浮現了出來。

「一個月以來，我到處拜訪音樂人，問他們是否聽過這首歌。就像要把撿到的東西交給警察局一樣。打聽了好幾週，都沒有人說那是他們創作的歌，我這才覺得那首歌是我做出來的。」

《Yesterday》這首經典名曲就這樣在保羅．麥卡尼的夢中誕生了。

（中略）

德國科學家凱庫勒提出的苯環結構相當有名。

傳聞，凱庫勒夢到「銜尾蛇」，因此發現了苯環的結構。跳脫分子結構爲直線形態的傳統觀念，發現苯的環狀結構……

睡意開始襲來，男子愈是想專心閱讀，眼皮愈沉重。

男子趴在電腦桌前睡著了。入睡前還在想副歌的旋律，腦海中填滿他所知道的無數旋律，陷入數不清的音符漩渦之中。

夢境百貨的員工拿著去年年底獲得的商品兌換券，正在前檯排隊。那是達樂古特送給員工的商品兌換券，可以兌換一個店裡販售的夢境。

「各位排隊的時候，請先想好要買什麼。要在午餐時間之內買完。請克制一點，不要挑太貴的。各位也是這裡的員工啊。」

薇瑟站在前檯向員工說明。

「買什麼好呢？」

佩妮也跟其他員工一起排隊，等著輪到自己。

「我跟妳說一個妙招。如果不知道要買什麼的話，跟著毛泰日買就對了。」

莫格貝莉指向排在前面遠處的毛泰日。

他現在在前檯的正前方和史皮杜爭位置。

「史皮杜先生，是我先來的耶。」

「這個世界上我最討厭的事就是等待了。你就不能讓我一回嗎？」

「怎麼可以勉強別人讓位？請你去後面排隊。」

毛泰日不願讓步。史皮杜甩動長髮，繼續用身子推擠毛泰日。

「他們兩個又在吵架了。可是，爲什麼要跟著毛泰日買啊？」佩妮問。

「佩妮，妳不好奇他們是怎麼來到這裡工作的嗎？」

「啊，我聽說史皮杜先生工作速度很快。只有他能如此快速地處理好午睡用夢境。」

雖然在知道這個事實之前，佩妮也無法理解史皮杜爲何是四樓樓管，但是只要在旁觀察過他工作的樣子就會明白了。無論工作量再大，他都有辦法在下班前搞定。在史皮杜的字典裡，沒有「加班」這兩個字。

「那毛泰日呢？」

「毛泰日……他不是很會賣東西嗎？是天生的生意人啊。」

「不僅如此。其實啊，他偷偷夾帶的夢比賣出去的還多。妳以爲達樂古特先生不知道這件事嗎？」

「那爲什麼會饒過他，讓他繼續在這裡工作啊？」

「這是因爲啊，被毛泰日看上或夾帶出去的夢一定會熱賣！他有從泥土堆裡挑出珍珠的本領。去年毛泰日挑了某個不知名的新手製夢師的夢。大家都嘲笑他，問他爲什麼要兌換那種夢，沒想到那個夢竟然大受歡迎。」

輪到佩妮的時候，她聽從莫格貝莉的建議，挑了和毛泰日一樣的夢境。

「佩妮，這怎麼辦才好？沒貨了耶。」薇瑟抱歉地說。

「不過，爲什麼大家挑的夢都跟毛泰日的一樣啊？」

「怎麼會這樣……那個夢的內容是什麼啊？好好奇喔。」

「名字是『幻想電梯』。在夢裡的電梯門打開之前，想好希望出現的場所的話，每一層都會跟想要前往的場所相連。如果有把握能在夢裡集中精神的話，那這個夢的性價比的確不錯。」

「好可惜喔。擅長做清醒夢的人應該很喜歡那個夢吧。那我要『出現藝人之夢』。」

佩妮一想到可以在休息日做夢，慵懶地睡大覺，心情就很好。

「好，都換完啦！來準備下午的工作吧。」

薇瑟阿姨大喊，眾人就地解散，回到各自的樓層。

「佩妮，我要去銀行替達樂古特辦件事，妳可以顧一下前檯嗎？現在妳一個人也能辦到吧？」

「好，當然沒問題！」佩妮信心十足地回答。

還不到半小時，信心十足的佩妮就冷汗直流了。某個男客人纏著她不放，說逛遍了整間店都沒有他想找的夢，爲難了她大半天。偏偏薇瑟阿姨的事情好像還要辦很久，一直沒回來，而達樂古特又外出去見製夢師了。所以佩妮遇到了入職以來最爲難的情況。

「我們沒有賣那種夢。」

「別這樣嘛，也把『獲得靈感之夢』賣給我啊。拜託妳，我眞的很需要那個夢。」

神情憔悴的男子苦苦哀求。不知道是不是因爲營養不良，這名男子皮膚粗糙，頭髮稀疏。只有那極度渴望獲得什麼的強烈目光勉強支撐著他。

「就跟妳說了我是看到披頭四和凱庫勒的故事才來的。聽說他們在夢裡獲得了靈感，你們不能賣那種夢給我嗎？還是因爲那個很貴？」

「披頭四是什麼啊？凱庫勒又是什麼？還有，夢境費是事後才支付的，所以我們不會因爲那種理由就不賣夢境給客人。請您不要誤會了。」

不管怎麼翻商店型錄，佩妮都找不到叫做「獲得靈感之夢」這類的夢境。心想那是自己不知道的夢嗎？最後打了分機電話，把所有的樓管叫過來。

「沒有那種夢。我當了一輩子的夢境銷售員，沒有我不知道的夢。保羅．麥卡尼？那個客人可能來過，但是我不記得了。老實說，我不太跟客人聊天，但是我很確定不管是哪間店都沒有賣那種夢。」

二樓的邁爾斯果斷地說。

「對啊，那位客人的氣色看起來很糟糕。」

三樓的莫格貝莉擔心地說。

四樓的史皮杜快速打量了他一番並詢問：

「請問您多久沒睡覺了？」

「四十……不對，大概四十八小時…？」

眾人長嘆一口氣，斬釘截鐵，異口同聲地說：

「您得要先好好睡一覺才行。」

男子露出失望的表情，彷彿被剝奪了最後一絲的希望。

「大家都在一樓啊，發生什麼事了嗎？」

外出的達樂古特剛好邊脫外套，邊走了進來。

「事情是這樣子的……」

佩妮解釋完來龍去脈之後，達樂古特仔細回想，觀察了客人的臉色。看到貌似高層主管的達樂古特願意聽自己說話，男子心中充滿期待，臉上又浮現了一絲希望。只見達樂古特塞了某個東西到他的手裡。

「我也不知道這個能不能幫上忙。您離開的時候一定要吃下去。」

「這個可以馬上給我靈感嗎？」男子開心地問。

「這個嘛，不一定。」

男子開心地收下。離開的時候拳頭緊握，深怕有人會偷走達樂古特塞給他的東西。

男子發現自己睡得太熟，不知不覺到了下午才醒來。因爲用不舒服的姿勢趴睡，他感到脖子痠痛，但頭腦卻非常清晰。

原本想到的混亂旋律突然變得井然有序，在他的腦海裡迴盪。雖然不知道這個旋律是哪來的，男子還是繼續按下琴鍵。

男子心想：「這是我知道的旋律嗎？還是我在夢裡聽到的？」不是很確定。

「總之，趁還沒忘記之前，我要快點抄下來。」

男子填補旋律的空隙，完成了曲子。

雖然不知道是從哪冒出來的，但這正是他在尋找的旋律。

男子對歌曲很滿意，迫不及待地想快點讓別人聽到。明天的甄選，將是這首歌在他人面前亮相的第一個表演場合。

沒過多久，男子又來夢境百貨裡找達樂古特。

「相關人士的反應很好。最重要的是，我自己很滿意。歌詞也是我親自填寫的，雖然有點不好意思，但是我把自己的故事寫了進去。」

男子恢復了好氣色。

「這個禮拜我就要去錄音了。眞的很感謝您的幫忙。夢眞的好厲害，那麼困難的事也能順利化解。我欠了您很大的人情。」

男子向達樂古特彎腰行禮。

「不用感謝我啦。」

「嗯？那我應該向誰道謝……？」

「您最好對自己說聲謝謝。」

「什麼？」

「我給的那個只是助眠糖果，可以讓您好好睡一覺。」

達樂古特又慢慢從口袋裡掏出幾顆糖果，打開掌心給他看。

「那個夢本來就在您的腦海裡了。」

「眞的嗎？」

「『靈感』這說法眞是好用。講得活像是在什麼都空空如也的情況下，突然蹦出了不起的點子來。但實際上是思考的時間造就了差異。有沒有不斷思考下去，直到答案出現爲止，眞正的差別就是在此。而您只不過是一直思考到答案出現爲止罷了。」

「那麼，我算是有才華的人嗎？我以後也能做得很好嗎？」

「有沒有才華，我想您本人更清楚，畢竟那方面的事我是門外漢啊。但是，如果您還想繼續唱歌的話，工作過後務必充分休息。因爲睡覺有助於整理思緒。」

「是嗎？不過我還是要謝謝您，所有的這一切……謝謝。」

男子不斷向達樂古特道謝。

達樂古特感到不自在，但還是欣慰地看著男子。接著摸摸嘴唇，彷彿想到了什麼好主意。

「啊……要是眞的想感謝我的話，那就讓我把您的故事做成夢境怎麼樣？」

「我的故事嗎？要用在哪啊？」

「其實……我正在跟某個熟識的製夢師一起構思新的系列產品，現在正好需要故事範本。不過，還是要先取得您的同意才行。如果想拒絕的話，也沒關係。」

「那個新產品是怎樣的夢呢？」

「雖然還不確定，但是我取的名稱是『他人的人生之夢』！我們打算先推出體驗版。這是由實力堅強的製夢師來製作的，所以我也很期待。」

「聽起來很有趣。如果我的故事能幫上忙，儘管拿去用！」

「您這是同意了嗎？」

「當然沒問題。夢這個東西眞有趣，同時具有夢境和夢想這兩種意思，太神奇了。這麼說來，在英文當中 dream 也是同字不同義。那我算是在夢裡找到了夢想？」

男子不正經地開玩笑，自己先哈哈大笑起來。

他看上去比前一次來的時候，更加從容有活力。佩妮覺得是因爲這段時間以來他都睡得很好的緣故：

男子逛了好一會的夢，最後挑選兩個喜歡的短時夢境便離開了。

佩妮看著客人的背影說。

「那位也很快就會成爲我們的常客了吧。看來我該預訂眼皮秤了。」

「是啊，佩妮。去問薇瑟吧，她會告訴妳哪裡可以訂製眼皮秤。」

「好的，我馬上去聯絡。」佩妮朝氣蓬勃地回答。

「還有一件事，妳可以幫我聯絡亞賈寐・奧特拉嗎？就說之前我和她談過的那個系列產品，她可以開始製作了。如果聽到我已經找到了我們在等的範本，她會很高興的。」

第八章
「他人的人生之夢」體驗版上市

佩妮糊里糊塗地來到高級住宅林立的近郊出差。

「奧特拉說新產品的試用品都做好了。妳親自去拿回來吧，順便吹吹風。」

達樂古特只囑咐了這些。

佩妮坐在一樓客廳。安裝於高聳天花板的簡約燈具，隱隱約約照亮了客廳。從落地窗看出去的庭院有幾座抽象雕塑，跟特意垂放在雕塑上的藤蔓植物還挺搭的。帶有碎花紋的群青色薄紗和輕飄飄的窗簾內襯，隨風飄動。屋內好像放了含有「沉著」的擴香，整間屋子充滿成熟的氛圍。佩妮覺得這棟簡潔的住宅和亞賈寐・奧特拉的形象很像。同時又想到自己不知道要存幾年的薪水才買得起這種房子，因而心情有些低落。

奧特拉好像還在樓上忙其他的事。住宅裡的工作人員忙碌地在佩妮周圍來來回回。可能是因爲要讓佩妮等待，覺得不好意思，所以他們不斷拿出食物招待她，像是青葡萄汽水、手工蛋塔和塡滿蔬菜餡料的可樂餅。

他們的打扮風格絲毫不輸奧特拉。四肢纖細的人們穿著行動不便的衣服，像模特兒一樣在屋子裡穿梭。佩妮覺得自己今天穿的衣服剪裁又圓又寬，所以將寬鬆的衣服往後拉一點，想稍微遮掩。

正當她擔心奧特拉是不是忘記她被叫來這裡的時候，某個臉龐稚嫩的少年從二樓欄杆探出頭來。

「您是達樂古特先生的夢境百貨的員工，對吧？奧特拉女士請您上來二樓的工作室！」

樓梯上的二樓一眼看去少說也有十來間房。佩妮跟在少年的後面，朝右邊走廊盡頭的房間走去。穿著素色棉T恤和四角短褲的女子和他們擦肩而過。這名看起來是客人的女子似乎一直待在奧特拉的辦公室，剛剛才出來。

「她好像是客人？」

「對，奧特拉女士是直接在家裡接見客人。大部分的夢都是經過一對一諮詢後才製作的。那位客人已經是第三次來開會了，大概還要再來幾趟才能談妥所有的細節。看來今天的討論出乎意料地有點久。奧特拉女士平常可不是那種不重視約定時間的人。」

少年在掛了奧特拉肖像畫的房間前面停了下來，接著快速敲兩下門。黑白肖像畫描繪的是她閉著眼睛的側臉。

「來，這邊請。您直接進去就可以了。」

「好的，謝謝。」

一進門，奧特拉就過來迎接佩妮。她的頭髮剪得比上次例行會議見到的還要短。

「快請進，抱歉讓妳久等了。」

「我叫佩妮，來自達樂古特先生的夢境百貨。我沒有等很久，沒關係的。」

「是上次那個在尼古拉斯家見到的員工啊，我記得妳。」

站在那頭的奧特拉身穿袖口有華麗設計的雪紡襯衫搭配高腰寬褲。她背後的工作室放滿了各種資料和照片，跟電影拍攝現場一樣，亂中有序。從擺滿時尚雜誌的書架到不輸任何夢境商店的大型展示櫃都有。佩妮很好奇展示櫃上都擺了什麼夢。

等奧特拉背對窗邊，坐在沙發上翹腳之後，佩妮才在距離適當的對面沙發坐下來。奧特拉倒了一杯濃郁的咖啡，周遭瀰漫著淡淡的微苦咖啡香。

「要來一杯咖啡嗎？」

「不用，謝謝。外頭的員工剛才拿了很多飲料和點心給我。」

「原來如此。我最近有點累，得喝一杯才行。光是這個早上就有三個客人來諮詢。」

「我剛才正好看到要離開的女客人。聽說她已經來好幾次了。」

「沒錯，會來我辦公室的人，通常都是否定自己人生的人。那位女客人也是，天天虛擲光陰，把她的人生拿去跟自己不一樣的他人做比較。而且情況愈來愈嚴重了。」

奧特拉的修長手指將短髮往後梳。

「好像還要多諮詢幾次，我才能製作夢境。我還沒弄清楚那個客人想要什麼，正在煩惱要怎麼幫她。」

奧特拉啜飲咖啡。

「話說回來，過來這裡的路上不辛苦嗎？」

「一點也不。多虧您派車來接我，一路上很舒服。謝謝。」

談話的時候，安裝了厚實的門的展示櫃老是搶走佩妮的視線。洛可可風格的誇張裝飾令人印象深刻，櫃子上還設置了很不搭的電子溫度計。似乎還有通風用的循環扇，發出低沉的嗡嗡聲。那裡面存放的夢境肯定很珍貴。

「這個展示櫃很花俏吧？妳要看看嗎？」

「沒關係嗎？」佩妮喜出望外地問。

「當然沒關係。」

奧特拉從位置上站起來，走向展示櫃。

夢境盒被一層層的包裝紙包住。有幾個另外放在大盒子裡，還安裝了大鎖。佩妮早有耳聞，奧特拉的興趣是蒐集珍貴的夢，熱愛程度不亞於買漂亮衣服。

「這裡的夢都是我費盡心思找到，或是辛辛苦苦在拍賣場上買下來的。」

奧特拉打開展示櫃，拿出上鎖的盒子。

「這個夢的製作年分超過三十年了，是已故的老師製作的。」

「過了這麼久，不會壞掉嗎？」

「不會有事的。我從未看過老師的夢壞掉，而且我本來就妥善保管著。」

「您的老師製作的是怎樣的夢境呢？」

能夠和傳奇製夢師聊到私人話題，佩妮很激動，但是她努力克制自己，不要像個土包子一樣大驚小怪。

「我的老師和我一樣，也是製作可以夢到他人人生的夢。他很厲害，總是說要為每一個夢注入靈魂。我這輩子永遠望塵莫及。」

「但是您是五大傳奇製夢師之一呀。您的師父也會很驕傲的。」

佩妮吹捧地說。

「那些什麼傳奇之類的說法，都是令人害羞的稱號，不過是協會為了賣商品而想出來的小把戲。」

奧特拉害羞地說。

「妳不好奇我師父做的這個夢有多長嗎？」

「有多長呢？」

「長達七十年。七十年啊，妳相信嗎？他在過世之前，將自己的七旬人生放入了夢裡再傳給我。每當我非常思念師父的時候，我就想打開來夢夢看。那樣的話，從他第一次遇到我的瞬間到製作了不起的夢境的訣竅，我就都可以看到了。」

「那您為什麼沒這麼做呢？」

「因爲夢一旦做過就會消失。現在能把它精心保存在這個展示櫃，我就心滿意足了。這下面的夢是我費盡千辛萬苦才拍賣到的，是尼古拉斯還很年輕的時候製作的出道作品。他本人大概也不知道這個在我手上吧？妳偶爾也要多關注拍賣。這個的投資價值比買一般藝術品要高多了。」

奧特拉提供了建議。

「好啦，現在來談正事。」

奧特拉走到桌子旁，從抽屜深處拿出一個小盒子放到桌子中間。兩人又面對面地坐在沙發上。

「這是我利用先前收到的範本製作的體驗版。我希望商品名稱就按照達樂古特提議的那樣，取名爲『他人的人生之夢』。我對這個名稱很滿意。」

「不過，這個會送到怎樣的客人手上呢？達樂古特先生也沒有事先告訴我……」

佩妮尷尬地說。

「或許我眞的老了，但我覺得最近的年輕人太愛跟別人做無謂的比較，縱然有時候是迫不得已的。」

奧特拉聳肩。

「但是，如果執著到沒辦法專注在自己的人生上，那顯然就是出問題了。這個夢正是為那些人所企畫製作的。」

奧特拉將小盒子推到佩妮面前。

「這一定會是人氣商品，因為是奧特拉女士製作的嘛。」

「不，說不定會因為沒有人買，變成一敗塗地的作品。我也很好奇達樂古特會用什麼方法來銷售這個夢。我的夢通常沒什麼人氣。」奧特拉謙虛地說。

「怎麼可能！是供不應求才對。」

「不是的，雖然去年上市的『成為我欺負過的人三十日體驗之夢』獲得評論家的好評，但是銷售量卻很差。誰想變成自己欺負過的人啊？我當初應該把名稱取得隱晦一點。」

奧特拉灑脫地笑了。

「我的作品不打廣告就賣不動，所以才會砸大錢在電視廣告或戶外廣告上。要是能降低廣告費用，我早就把辦公室的窗簾換成新的了。總之，這次連宣傳都不會進行……事實上，為了銷售這個夢，達樂古特和妳扮演了至關重要的角色。」

這是佩妮入職以來第一個接到的重大任務。

「是的！包在我身上。」

「先謝謝妳了。」奧特拉笑道。

「啊，對了，要在盒子上做記號，以免搞混了。」

奧特拉在盒子上面寫字。

「他人的人生之夢（體驗版）」——亞賈寐．奧特拉

佩妮就像接到任務的特務人員，表情凝重地將盒子放入背包深處。快速離開高級住宅區，沒多久就回到了夢境百貨。

某個星期天，無精打采的男子睡到很晚才起床。他隨便做頓飯來吃，清洗堆積的衣服，一晃眼就到了傍晚。男子躺在沙發上收看重播的音樂節目。這檔節目每集都會採訪三組歌手，進行迷你演唱會形式的表演。剛好最後一位表演的歌手是男子最近反覆循環聽的歌曲演唱者，所以男子開心地停在這個頻道。

「聽說最近想和這位歌手合作的音樂人大排長龍。」

主持人爲了把歌手叫上臺，正在做介紹。

「我當然也想和他合作。等節目錄完之後，眞想要一下他的電話號碼。」

主持人自然流暢地介紹。

「連續占領串流音樂排行榜兩個月的大紅人——朴道炫。讓我們以熱烈的掌聲歡迎他。」

就在不久前，男子親眼看過這位歌手。每天上班必經的路上，有一棟快要倒塌的公寓，那個人在裡頭住了很久。當他終於要搬走的消息在社區傳開來之後，大家爲了見歌手一面，趁他搬家那天蜂擁而至。男子也擠在人潮之中。一想到名人住得離自己這麼近，這實在很不可思議了。

「您最近很忙吧？」

「是，忙得不可開交。不過，我很開心。」

「您有感覺到自己的人氣嗎？」

「沒有，這點我還不太清楚。」

電視螢幕裡的歌手笑得很燦爛。

「在這幾個月裡，好像很多事情都變了，您覺得呢？首次發表的歌曲如此受歡迎，在您的預料之內嗎？」

「那是天翻地覆的改變啊。在這之前，我度過了很長一段沒沒無聞的時期。沒想到我的歌會這麼受歡迎。不過，完成之後我確實很滿意。我覺得這一點很重要。」

「應該有很多親朋好友聯絡您吧？」

「對，我有點不知所措。其實能來上這個節目，我也覺得好像在做夢。我每個禮拜都會準時收看，想著『我不奢望能上那種節目，只要能站上小舞臺我就很開心了』。」

看到這裡，坐在電視前的男子心想：

「過著那種光鮮亮麗的人生，該有多幸福啊？」

男子覺得最近的生活枯燥無味。雖然情場、職場兩得意，但是每天睜眼醒來就是上班，在一樣的地方見一樣的人，在午餐時間聊相同的話題，心想幸好今晚不用加班，可以早點回家。還有週末反覆地飛逝，有如還在忍受範圍內的拷問。

「那個歌手現在每天都能遇到不一樣的人，感受全新的經歷吧？許多人欣賞他、支持他，這該有多好啊？版權費應該也很不得了。」

最近只要看到大眾媒體上出現的名人，男子就會留意那個人的年紀或經歷。如果對方年紀比自己大就暗自鬆一口氣，但如果是年紀較輕的人或同輩就會感到震驚。

「明明出生年代差不多，爲什麼人生這麼不一樣呢？」

男子對目前的生活其實也沒什麼不滿，只是因爲不夠特別而感到遺憾。若是聽到特別的人有著特別的出生、特別的命運，諸如此類的話，就會覺得有點不是滋味，懷疑自己是不是天生註定平凡一輩子。

男子躺在沙發上胡思亂想，眼皮開始變重。「都說愈睡愈想睡，我才剛起床沒多久，又想睡了……」

男子電視看到一半，又開始睡懶覺。

男子正在夢境百貨的四樓挑選午覺夢。因爲店員跟在後面，備感壓力，沒辦法自在地挑夢。

「現在適合午睡的好夢少得可憐。而且最近睡午覺的人又變多了，更不用說今天是週末耶？像現在這種時段您沒法做想做的夢啦，只能做別人挑剩的夢。再不快點選好，午覺夢就要賣完了。」

穿著連身褲的長髮員工老是催他。

男子雖然躲開那個員工，來到陳列「日常生活小旅行之夢」這一區，但是任誰看都知道能愉快享用的旅遊商品早就賣光了。

「客人，這個怎麼樣？這是我個人很喜歡的夢。」員工又跟過來打擾他。他手上拿著「飛天上班之夢」，男子喜歡「飛天」，卻對「上班」不太滿意。

「可是今天是星期日，我不想做上班的夢耶。」

「咦？您不喜歡這個嗎？不會塞車，三分鐘之內就可以抵達公司耶！」

史皮杜的反應很大，似乎無法理解客人的想法。

「又不是早點上班就能早點走人，我怎麼可能開心得起來……」男子沒有把話說完。

「問題不在於那個啊。這個夢的好處是，無論是要去上班，還是做什麼，都能快速完成。您還眞不了解夢境。」

「夢我就不做了，我還是好好睡覺吧。」

男子不想再爭執下去。丟下嘟嘴的史皮杜，搭電梯下樓，正準備離開商店的時候，達樂古特好不容易把他留住。

「請問您在找長度大概多長的夢呢？」

「我打算睡一下就好，大概十五分鐘？」

「十五分鐘是嗎……那很合適。您想要做特別的夢對吧？」

「您是怎麼知道的？我眞的覺得我的日常生活好無聊。我的人生毫無樂趣，每天都一樣。」

男子跟達樂古特訴苦，彷彿等這一刻等很久了。

「那這個『他人的人生之夢（體驗版）』怎麼樣？這個夢包含亞賈寐．奧特拉的時間調整祕訣喔。雖然實際上只是十五分鐘的夢，但是在夢裡您會經歷很長一段時間的特殊體驗。」達樂古特積極地說明。

「這個是體驗版，所以夢境費是平常的一半。」

「『他人的人生』？名稱聽起來就很吸引人了！我會夢到怎樣的生活？誰的生活？」

「雖然您夢夢看就會知道，但告訴您也無妨，是一夕爆紅的歌手生活。那個人您也認識。」

男子想到了某個人。

「正好我就是看那位歌手上的節目，看到一半睡著的！這個巧合眞是令人吃驚。」

「這個嘛，或許不是巧合喔。」

達樂古特意味深長地說。

夢裡的男子身處某個狹窄的單人房。因爲睡不著而疲憊不堪，創作的痛苦令人

頭疼欲裂。在狹窄的房間裡，舊型電腦正在運行與之不匹配的高規格軟體，嗡嗡作響，彷彿隨時都會爆炸。心情急躁的他關掉所有作業軟體。

過著連基本生活條件都極其匱乏的生活，對金錢、名譽的強烈欲望早就消散很久了。他現在就只全神貫注於完成令自己滿意的歌曲。

夢裡的他甚至拉開整扇紗窗，拚命吸入早晨的空氣，並大力揉著眼睛，想振作精神。

住在附近公寓社區的人們穿過男子家這條巷弄的拐彎處，要去地下鐵站。

「嗯，我正要去上班。下班後要見個面嗎？今天不是星期五嗎？」

邊打電話邊路過的上班族雖然就是自己，但是夢中的男子沒有認出自己。

沒出息的羞愧感、逃避友人問候的不爭氣心態、對家人的愧疚感，每一天在夢裡反覆浮現。

半個月的時間，就這樣在夢中流逝。

醒過來的男子，發現自己只是小睡了片刻。因爲睡著前收看的音樂節目還沒播完。歌手正在說些簡短的發言，準備開始唱最後一首歌。

「這首歌包含了我這八年來沒沒無聞所感受到的情緒。雖然我在外面裝作若無其事，但是一回到家就會感受到那些情緒。還有，回顧過去的話，就會懷疑自己是怎麼熬過來的那些記憶。」

竟然過了八年沒沒無聞的生活？男子想到在夢裡經歷的那半個月的痛苦時光，實在無法想像那位歌手八年來過著什麼也不確定的生活，是怎樣的心情。

朝相同方向前進的人群
人群逆向彼端的便利商店

歌手平靜地開始唱歌。男子在夢中的模樣，像殘影般出現在眼前。那個模樣和電視上正在唱歌的歌手，兩張臉龐奇怪地重疊在一起。

不知不覺間，外面陽臺的強烈夕照透進客廳，男子瞇起眼睛，覺得今天的夕陽比早上升起的陽光還要刺眼。

男子看著家中的各個角落在晚霞的照映下，散發出陌生的光芒。換作是平常的話，星期天下午這個時段，是他最憂鬱的時候，但是今天好像哪裡不太一樣。

「拿走體驗版的客人現在狀態怎麼樣呢？夢境費都還沒入款。」

「他需要一點時間才能領悟啊。」

達樂古特正在整理堆在前檯的型錄。

「客人夢到『他人的人生』之後，我們會收到哪種夢境費呢？有時候看到別人的生活，我會因爲羨慕對方，而深陷自卑感之中。有時候也會在比較之後產生優越感或安心感。」

佩妮回想自己遇過的情況。心中浮現早一步踏入好職場或家境富裕的同學。又想起自己有一次看到在郊區貨運站工作的孩子時，內心暗想「至少我比他好」，隨後又爲這樣的自己感到羞愧。

「佩妮，我認爲熱愛自己人生的方法有兩種。第一種是怎樣都對生活不滿意的時候，盡力做出改變。」

佩妮點點頭說：「沒錯。」

「第二種方法看似簡單，實則比第一種方法難。而且靠第一種方法改變生活的人，最後還是要學會第二種方法，內心才會平靜下來。」

「什麼方法啊？」

「接受並滿足於自己的生活。第二種方法說來簡單，做起來難。但是眞的做到的話，就會發現幸福遠在天邊，近在眼前。」

達樂古特爲了讓佩妮聽懂，慢慢解釋。

「我相信客人會想明白這兩種方法之中，哪一種最適合自己。如此一來，我們就會收到非常珍貴的情緒當作夢境費。」

「說不定眞的要花很久的時間。」

「我們應該耐心等等看，不是嗎？到時候我們就可以正式推出『他人的人生之夢』。」

第九章

來自匿名者的夢

如潮水般湧入的客人一下子神奇地散光光了，員工正在享受甜蜜的休息時光。各樓層的樓管和某些員工在一樓的員工休息室，享用薇瑟阿姨主辦的午茶會。

「達樂古特先生也真是的，就是不肯把錢花在員工休息室和他自己的辦公室上面。」

史皮杜獨自占據整個沙發，坐在那裡發牢騷，一邊看今天的報紙，一邊光速吃下佩妮從對面甜點店買回來的蛋糕。他坐著的那張沙發破破爛爛，用布縫補的部分比原有的皮革部分還要大塊。而水晶裝飾掉了大半的舊式枝形吊燈，燈光也比史皮杜的鮮黃色連身褲還要黃。

「啊，現在總算活過來了。剛才血糖太低，我的手抖症都要發作了。」

坐到椅子上的莫格貝莉嚼著最後一口栗子蛋糕，滿臉幸福樣。史皮杜甚至將蛋糕盒上沾到的油膩鮮奶油挖來吃，再也沒有東西可以吃之後，他便嘴巴緊閉，若無其事地打開報紙躺著看。

只在一旁喝咖啡的佩妮下定決心，今天絕對不要幫忙收拾整理。每次在休息室和史皮杜一起吃點心的時候，吃最多的人都是他，但他卻對收拾垃圾不聞不問。不過，坐在對面的邁爾斯雙手閒不下來，似乎想快點把盒子折好拿去丟。

「話說回來，達樂古特先生還在接待客人嗎？」薇瑟阿姨問。不曉得是不是因爲吸管太細，冰沙吸不太起來，所以她看起來不太高興。

「對，栗子蛋糕可是達樂古特先生最愛吃的甜點，但是他竟然推辭了。」佩妮回答。

「辦公室來了以前沒看過的客人，聽說有很重要的事。」

「啊哈，那似乎是來申請送貨服務的客人。」

薇瑟阿姨不耐煩地抽出吸管，開始用湯匙挖冰沙來吃。

「外送？店裡還有提供這種服務啊？」

佩妮看向她並提問，但是回答的人是史皮杜。

「哎呀，妳到現在還是什麼都不懂，這可怎麼辦啊？如果有客人預約寄夢給另一個客人，那達樂古特先生就會按時送過去。」

「我都不知道原來他還會做那種工作。」

「預約寄送的夢完成製作之後，在寄送日期之前，會像供奉祖先牌位一樣放在他的辦公室裡。」

史皮杜就算邊看報紙邊說話，也能對答如流。

佩妮想起那些打算找時間清掉的盒子。

「啊，我好像知道了！原來是辦公室裡那些堆積如山的盒子啊。可是，是不是哪裡出錯了？我看有些夢的製造日期超過十年耶。」

「沒有出錯，那個本來就是等……哦，哇啊！這個我得買一件！」

史皮杜突然拿著報紙，從位置上站起來。

「完美的一體成型！胸圍看起來很寬……正好這件連身褲我也穿膩了，這件衣服非常完美。」

「是什麼衣服啊？最近的報紙還賣起衣服了？」

邁爾斯問。

「你們看看這個人身上穿的衣服。」

史皮杜在大家圍坐的桌上打開報紙。

報紙上有張黑白照片，是從遠處拍攝某個男子坐在岩石上的畫面。他的頭髮挽了起來，披著靛藍色道袍。

「你們看，穿這件衣服的話，上廁所應該會方便很多。我現在就要去訂購類似的款式。薇瑟阿姨，前檯的電腦借我用一下！」

「這不是道濟先生嗎？啊，史皮杜，他不僅穿了道袍，裡面還有穿韓服啊。如果只是披著道袍到處走動的話，會出大事的。」

薇瑟阿姨說，但是史皮杜早就走掉了。佩妮看了一下史皮杜留下的報紙。

深入了解名人專題：「道濟」篇

《做夢不如解夢》的研究結果顯示，在五大傳奇製夢師之中最受歡迎的人是「踢克．休眠」。高達百分之三十二點九的作答者都選了他，應該是因為去年年末頒獎典禮上的浪漫告白助長了人氣。

亞貫寐．奧特拉、娃娃．眠蒂和頌兒．可可，以些微差距，分別占據第三、四、五名。令人意外的是，第二名是道濟。儘管近十年來沒什麼公開活動，製夢師道濟的人氣依舊居高不下。他的祕訣是什麼呢？記者將道濟列爲本月的「深入了解名人」專題報導對象，親自拜訪閉門不出的道濟。

（中略）

正在深山修行的道濟果斷地謝絕了本雜誌的採訪。記者請他留一句話給支持者時，他只留下了一句話：「離老夫愈遠愈好。」便消失於瀑布的另一頭。

（以下省略）

「仔細想來，我在這裡工作的時候，從來沒有遇過道濟先生耶。我在這工作都滿一年了。」

「快別做你的春秋大夢。就連我也只見過一次。」

邁爾斯說。

「達樂古特先生和道濟先生沒有合作嗎？」

「怎麼會沒有！他每次出差都是去見道濟先生啊！」

「咦？眞的嗎？」

此時，休息室的分機電話忽然響起，佩妮匆匆拿起電話聽筒。

「我是一樓的佩妮。」

「噢，佩妮，剛好是妳接的啊。看妳不在前檯，我正在找妳呢。茶會結束了嗎？」

「是的，達樂古特先生。剛剛結束。蛋糕很好吃……要是您也在就好了。不過，找我有什麼事嗎？」

「我辦公室需要人手。妳現在可以來我的辦公室幫忙嗎？」

「好，我馬上過去！」

「達樂古特一定很信任妳。他做那件事的時候，從不找人幫忙。妳快去幫他吧。」薇瑟阿姨鼓勵佩妮。

「啊，對了！妳克制一點，不要太多嘴，要盡量讓客人感到自在。」

薇瑟再三叮囑。

一到辦公室，便看到臉頰削瘦的中年女子和達樂古特正在等佩妮。中年女子穿著寬鬆的白色睡衣套裝。一般的睡衣套裝有種溫暖的感覺，但是她的睡衣不知為何看起來冷颼颼的。

「佩妮，謝謝妳過來幫忙。妳坐那吧。」

佩妮坐在客人的旁邊，不知道達樂古特想叫自己做什麼。客人正在喝他給的茶，握住茶杯的手指瘦骨嶙峋。佩妮覺得客人太瘦了，擔憂地看著她，這才發現她穿的是病人服。

「妳盡可能地把客人說的話抄到這本筆記本上面。我一個人抄的話，會漏掉很多內容。」

達樂古特拿紙筆給佩妮。

「那麼，請問您要指定誰當收件人呢？我看了一下資料，您的家人都是我們店裡的顧客。收件方面應該沒什麼問題。」

「我想寄給我老公和女兒。」

「其他人沒寄也沒關係嗎？」

「我父母……啊，還要寄給父母。」

客人又喝了一口茶，雙唇緊閉，過了幾秒視線才從牆壁飄回來。佩妮察覺客人強忍著淚水，但是達樂古特沒有出言安慰，於是決定不要多此一舉。達樂古特沒那麼做，肯定有他的理由。佩妮繼續專心在筆記本上抄錄對話內容。

「要寄什麼內容的夢呢？您可以挑選想要的空間或情況，請參考這邊的型錄。」

達樂古特把協助客人預訂夢境的介紹手冊遞過去。客人翻閱了好一會。

「背景還是做成我家的樣子比較好。啊，還是不要好了。那樣他們會……很傷心吧。」

客人在選擇背景的時候，似乎遇到了困難。雖然不太明白爲什麼選擇自宅做背景會感到傷心，但是佩妮想起薇瑟阿姨叮囑自己別多嘴，因此決定不要妨礙客人挑選。

「如果很難挑的話，那我替您推薦一下吧？」

「好，麻煩您了。我第一次做這種事，所以覺得有點難。哈哈，我的話聽起來有點怪吧？大家應該都是第一次。」

獲得客人的同意之後，達樂古特伸手翻到型錄的最後面。背面羅列了很多張背景照片。鬱鬱蔥蔥的廣闊森林、滿天星斗彷彿觸手可及的城堡陽臺、從外太空俯瞰地球等等，大部分都是多采多姿的大自然畫面。光是看到這些照片，佩妮就知道背景製作者是誰了。

「這不是娃娃・眠蒂的夢會出現的背景嗎?!」

佩妮忘了自己剛剛才下定決心要老實待著，忍不住如癡似醉地讚嘆起來。

「她是很有名的製夢師。看我家員工那麼吃驚，您應該也發現了。您不必擔心品質的問題。」

達樂古特給予這位客人的待遇分明是最好的。讓她自由選擇娃娃・眠蒂的背景，連內容都可以任意挑選。乍看之下，這筆交易很划不來。

「原來如此。不管怎樣，在這麼美的地方見面的話，他們應該會更放心吧。那我要這個。」

客人選了鬱鬱蔥蔥的廣闊森林作爲背景。

「可以替我在這個背景中加一些百日菊嗎?我很喜歡這種花。」

「當然可以。別說是一些了，我會請她種滿百日菊的。」

佩妮一邊在筆記本上記錄客人的要求事項，一邊想像百日菊盛開的森林。

「這個夢一定會很美。」

佩妮興奮地說。

「謝謝。」

客人的心情似乎好多了。

「現在來決定內容吧。如果有特別想呈現的情境或想說的話，儘管告訴我。您的語氣或舉止習慣，資料都蒐集得很齊全，所以這一點您不用擔心。」

「嗯……我想要最自然的情況，例如詢問近況或是像平常聊天那樣。」

「舉例來說？」

「舉例來說……問女兒交男朋友了沒，是不是還像小朋友一樣吃海苔飯卷的時候挑掉小黃瓜，像這種日常生活中爲人母親會說的嘮叨話。我常常要我老公在中性洗衣精和衣物柔軟精的瓶子上貼標籤，以免搞混。聊聊這種日常話題應該就可以了。這會太普通嗎？不管怎麼說，我們隔了很久才見面，還是不要太囉嗦比較好吧？」

「不會的，我很喜歡這個內容。那要寄給您父母的夢，加些簡單的問候就可以了嗎？」

「我父母……請替我跟他們說對不起。」

達樂古特停下忙著抄寫的手。

「如果沒有特別想轉達的話，很多人都會說些讓做夢者放心的話。雖然您的想法最重要，但是抱歉或對不起這種話起不了安慰的作用，沒關係嗎？」

「這樣啊，是我想得不夠周到。那還是說我過得很好，要他們別擔心吧。」客人改變了心意。

佩妮認眞修改剛剛寫好的內容。達樂古特和客人的對話有一種平靜又哀傷的感覺。

「好，都談得差不多了。現在只剩下最後一個問題。請問您希望安排在什麼時候送達呢？」

「不知道。請您仔細留意我的家人，挑選適當的時候寄給他們。不要太早寄。您應該也很清楚，要選在大家已經振作起來，但是又不會因爲夢太晚送到而難過的恰當時間點寄送。就請您在那個時候寄出吧。」

「這個選擇很明智，那就包在我身上吧。」

「有勞您了。還有……眞的很謝謝。」

「我們才要謝謝您來找我們。路上小心，祝您睡個好覺。」

達樂古特鄭重地送客。

客人離開後，達樂古特捲起襯衫袖子，開始比較佩妮和自己做的筆記。佩妮雖然有一肚子的話想問，但還是乖乖等他整理好筆記本上的抄寫內容。

「佩妮，妳今天都沒提問耶。總覺得妳會很好奇，所以我才特意叫妳過來的。」

達樂古特隔著手上的筆記本說。

「我可以問個問題嗎？」

「當然可以啊。」

「放在這裡的夢，還有剛才離開的客人訂購的夢，好像哪裡怪怪的。可以訂製要送給別人的夢，甚至是由店鋪幫忙寄送這種事我都沒聽說過。而且……」

「而且？」

「客人的狀態看起來也很不好。剛才提到父母的時候，她好像哭了。沒錯，就像再也見不到他們一樣……」

「雖然面試那天第一次看到妳的時候我就感覺到了，不過妳的洞察能力的確很不錯。我果然還是很有挑選員工的眼光。」

達樂古特從位置上站起來。

「今天要寄送兩個這種夢，妳願意負責這件差事嗎？」

他從一堆盒子之中挑了兩個。那兩個盒子積滿灰塵，好像放了很多年。

「放那麼久，不會壞掉或變質嗎？」

「不會，因爲道濟特製的夢境沒有保存期限。」

「道濟先生製作的夢嗎？」

佩妮吃驚地問。

傳奇製夢師之中最少公開露面、鮮少在有人的地方出現的道濟，是製作「亡者出現之夢」的製夢師。

平日晚上的咖啡廳。男子喜歡在下班的路上，帶筆電到咖啡廳繼續完成當天的工作，再心情輕鬆地回家。咖啡廳內坐著各種年齡層的人，有年輕人、父母輩的大人和年輕學生。

男子每次都喝美式咖啡，但是今天結帳櫃檯的隊伍特別長，所以他草草瀏覽了一下菜單。看到一半，目光停留在焦糖瑪奇朵上。男子向來不喜歡焦糖瑪奇朵，它的名字既難唸，味道又很甜，所以他反而不太喜歡喝。

但是，那個飲料讓他想到了過世的奶奶。

「奶奶，妳想喝什麼？」

那是因爲奶奶口渴，男子唯一一次帶她去咖啡廳的時候發生的事。男子把印製的菜單放到奶奶面前，奶奶咕噥了一會才一個一個讀下去。

「美式……這什麼啊？」

「奶奶，這個很苦，非常苦。跟黃連一樣苦喔。」

「幹麼花錢買那種東西來喝啊？我不要，我要喝甜的。」

「那喝焦糖瑪奇朵吧？這個最甜。」

「那個長怎樣？」

「這裡，奶奶，這邊有照片。哎，就在眼前妳也沒看到。」

「哪裡？焦唐……馬？這個嗎？奶奶沒學過幾個字，所以很常搞錯。」

「好啦、好啦。那我去點這個，妳先找個喜歡的位置坐下來等。」

端著飲料過來的男子看到奶奶坐在不舒服的靠窗單人座位之後，笑了笑。

「奶奶，那麼多舒服的位置不坐，妳怎麼坐在那裡？過來這邊吧。我們去坐舒服的位置。」

男子把奶奶帶到寬大的沙發桌旁。

「我坐這種位置的話，會被人指指點點吧？這不是要花很多錢，點好東西來吃的人才能坐的位置嗎？」

奶奶猶豫地站著，左顧右盼。

「奶奶，我們也是花了很多錢，點好東西來吃的人呀。妳就放心吧。而且要是有人看到奶奶坐在舒服的位置上就說閒話，是那個人才奇怪咧。」

「是嗎？不過跟你待在一起的話，我就安心多了。」

「安心什麼啦。」

男子不好意思地說。

「在這裡我是最老的吧？」

「是啊，奶奶是最時髦的老人，還會跟孫子來這種地方喝咖啡。」

「你這孩子眞是的。從小就是這樣，說話溫柔得跟搖曳擺晃的細軟狗尾草一樣。」

奶奶戀戀不捨地看著一下就長大成人的孫子。男子一陣難爲情，轉移話題：

「可是奶奶妳怎麼會沒認識幾個字？當初應該要繼續學才對啊。」

「因爲你曾祖父不讓我繼續上學。多上一陣子的話，我大概就能學會了，結果最後還是沒能學會認所有的字。後來我結婚，拉拔你爸長大，又把你養大。所以沒有時間學認字啊。那個叫什麼來著？焦糖瑪？我連這個都看不懂，好笑吧？」

奶奶像個少女一樣害羞地笑了。

「才不呢。那我來教妳，我們奶奶頭腦這麼好，很快就能學會的。我這週末之前工作都很忙……下個禮拜我再去教妳。」

「知道啦，我的寶貝孫子最好了。」

奶奶用吸管吸了一口焦糖瑪奇朵。

「這是什麼啊？甜到我這老太婆的舌頭都發麻了。」

「奶奶，那妳喝喝看我的。」

男子把冰美式咖啡推過去。

「這個怎麼這麼苦？」

奶奶皺起眉頭，男子哈哈大笑。

「多喝幾次妳就會覺得好喝了，以後要多和我來咖啡廳喔。」

這就是全部。奶奶活了八十二年，雖然是段不短的人生，但是總有些無可奈何的遺憾。再過不久，就是奶奶的忌日了。

男子點完飲料，獨自坐在靠窗的單人椅。快到奶奶忌日的時候，他總會比平常更加想念她。奶奶年輕的時候靠察言觀色活下去，老了則是依靠年幼的孫子活下去。雖然她說在學校學到的不多，但她是多麼睿智的老人家、對兒時的他來說又是多強大的依靠啊！如果說了去朋友家玩吃到的醬燒馬鈴薯很好吃的話，隔天奶奶就會煮一大鍋的馬鈴薯；如果被蚊子咬了喊癢，奶奶就會待在他身邊，整夜沒闔眼。

男子又環視了一圈咖啡廳。動聽的音樂、舒服的椅子和悠閒氣氛。在所有人談笑自如的地方，奶奶侷促不自在地左顧右盼的畫面，依舊歷歷在目。

「在這裡我是最老的吧？」

依稀可見，奶奶在初次踏入的地方，既害羞又興奮，東張西望的樣子。雖然男子喝的是冰飲，仍然覺得心頭暖暖的。

只要有一點髒污，奶奶就會替他換衣服。奶奶自己連便宜的保養品也不擦，卻會買昂貴的乳液替他擦滿全身，說那個對異位性皮膚炎好。奶奶的一舉一動，無不充滿了愛。

那天晚上，男子躺在床上思考。

「奶奶活了大半輩子爲的是什麼？因爲出生的時代太早，奶奶竟沒能好好享受這個美好的世界就走了。她這樣的人生到底算什麼？」

這個世界讓奶奶一生吃盡苦頭，卻連美好的事物都沒見過。或許是奶奶覺得現在所在的世界讓她更自在，所以至今都不曾在男子的夢裡出現過。

「奶奶，我的奶奶，好想妳啊。」

男子像小孩一樣蜷縮著入睡。

某對夫妻有個語言發展遲緩的五歲女兒，當其他小孩能說出完整句子的時候，她勉強只會說幾個單字。夫妻倆找過兒童早期療育中心或治療室，愈來愈擔心之際，女兒戲劇性地開口了。她開始會說想做什麼或不想做什麼、喜歡什麼或不喜歡麼，諸如此類的句子。

當她說出「我愛家人」的時候，夫妻倆彷彿擁有了全世界。

某天，女兒說「頭好痛，不要讓我生病」的時候，一家人的幸福戛然而止，停在了這一天。孩子後來一直住在醫院，沒能撐過那一年。

孩子病逝後，過了一段時間。夫妻倆還很年輕，依舊努力上班，但兩人的家再也沒有任何孩子生活過的痕跡。

以前生養小孩的時候，兩人曾開玩笑說：「哪天才能看到沒有玩具的乾淨地板啊？」而如今家裡卻再是整潔安靜不過了。

從兩人變成三人，再自然而然地從三人變回兩人。時間是帖良藥，這句話也應驗在夫妻倆身上，久而久之，兩人的聊天話題圍繞著孩子。

雖然以前天天以淚洗面，但現在有時也會笑著結束那個話題。

夫妻倆不會刻意對孩子的事避而不談。雖然兩人剛開始試過要忘掉那件事，但是很快就明白，愈是想忘就愈忘不掉。

忽然看到玩具廣告的時候、黃色幼兒園校車經過的時候、看到當心兒童交通標誌的時候、見到幼齡兒童演員演技出色的時候，還有每次到了入學或畢業季的時候，束手無策的夫妻倆內心還是會招架不住而淚水潰堤。

妻子想念孩子入睡的模樣，丈夫懷念抱住剛洗完澡的孩子所散發的溫暖香味。夾雜在兩人說話聲之中的笑聲，和兩人如出一轍的逗趣習慣……

孩子的年日停在了五歲，只有兩人慢慢老去的時間，感覺過得很緩慢。雖然夫妻倆想過要趁孩子還不太寂寞、趁還沒太遲的時候，一起到孩子的身邊，但是誰都沒勇氣把這話說出口。

那天晚上，兩人躺在床上背對背側躺。

夫妻倆像是習慣了一樣，空出足夠讓一個小孩躺下的位置。雖然距離沒有遠到聽不見對方，但是兩人都裝作沒聽到彼此的哭聲。

達樂古特事先跟佩妮說明了客人的衣著相貌。當他們抵達後，佩妮忙碌了起

來。拿著盡量重新漂亮包裝過的夢境，來到客人面前。

「謝謝各位及時來到本店。」

「咦？我嗎？」

男子反問。站在男子旁邊，看起來是一對夫婦的另一組客人哭得眼睛都腫了。

三人摸不著頭緒地看著佩妮。

「今天有些夢要寄給各位。我剛才也說了，謝謝各位準時過來。」

「這是什麼啊？」

「這是夢境，很珍貴的夢。是其他客人特別訂製寄給各位的夢。」

「是誰啊？應該沒有人會寄夢給我啊……」

夫妻倆之中的丈夫反問。

「這是匿名寄出的夢。等到做完夢，各位就會知道寄件人是誰了。」

那天晚上，男子在夢中見到奶奶了。

和奶奶一起去過的那間咖啡廳，雖然和男子平常去的那間很像，但是夢裡的這間更像。咖啡廳散發出小時候和奶奶一起住的屋子味道。

奶奶自信滿滿地點了兩杯焦糖瑪奇朵，還輕鬆自在地和店員開玩笑，就像天天來這種地方的人。

「奶奶，妳怎麼連那麼難讀懂的飲料都會點？」

孫子用飽含愛意的眼神望向奶奶。

「那是因爲有我寶貝孫子教過我看字，我當然會點單啊。」

「我不記得有教過妳啊。」

「有啦，你全部都教給我了，就是那個時候啊。你一個年輕人，記性那麼差，怎麼行哪？」

「我眞的有教過妳嗎？」

男子看向咖啡廳窗外的風景。總覺得很像是跟奶奶一起住過的屋子庭院，但是夢中的男子一點也不覺得奇怪，反而很喜歡這間咖啡廳。兩人邊喝咖啡，邊聊小時候的事，談天說笑，連時間過去多久了都不知道。咖啡店員免費贈送兩人一塊蛋糕。

「二位的關係看起來很融洽，所以我想送這個給二位。」

「這位善良的姑娘，謝謝妳啊，謝謝。」

奶奶笑臉盈盈。

「因爲跟奶奶出來，連我都獲得了這樣的款待！看來我以後要常和奶奶來才行。」

「你要多和朋友來啊，別再跟我這種皮膚皺巴巴的老太婆來了。」

「哎呀，奶奶太傷我的心了。」

男子注視眼前的奶奶，提出某個在腦海中若隱若現的問題。明知不太適合在此刻這個情況發問，但男子總覺得不趁現在就沒辦法問了。

「奶奶，妳覺得自己的一生過得怎麼樣？」

「過得很好啊。」奶奶毫不猶豫地回答。

「很好嗎？眞的嗎？哪裡好呢？」

男子拉椅子坐下，仔細聆聽奶奶說話。

「我小時候不用寄人籬下，家庭和睦，光是這一點就很好了啊。」

「那年輕的時候呢？妳不是吃了很多苦嗎？」

「年輕的時候能親手把你父親養大，這很好呀。」

「……」

「老了之後，我的樂趣就是看著孫子長大。我求神明讓我活得久一點，直到你能獨當一面。也不知道是哪尊神明聽見了，還真的實現我這個老太婆的願望。所以啊，奶奶這輩子活得很好。」

奶奶摸摸孫子的臉。小時候明明覺得奶奶的手很粗糙，但是今天奶奶的手像嬰兒一樣柔軟。

「你這孩子也真是的。我還想說你什麼時候才能自己走路，結果一下就長好大，比我走得還要前面。牢牢握住我的手，還知道要配合我的步伐，讓奶奶像春天一樣心花怒放。」

男子突然回過神來，然後害怕地緩緩開口。

「奶奶，我好像在做夢。妳已經不在了，嗯，是嗎？」

「我怎麼會不在？現在不是正和你在一起嗎？一切全在於你自己是怎麼想的，不是嗎？」

男子紅了眼眶。

「宰浩啊，沒什麼好哭的。早知道會這樣，我就晚點再來了。時間都過去那麼久了，你還是這樣的話，該怎麼辦哪？」

「什麼晚點再來，奶奶早該來了。」

男子強忍淚水，不高興地回嘴。

「奶奶在這裡過得很好。膝蓋一點也不疼，還種了很多喜歡的蔬菜，所以你不要哭了。能和寶貝孫子見面，奶奶眞的很幸福。」

「奶奶，妳怎麼說得好像妳要走了？再多留一會嘛。等咖啡喝完再走好嗎？我再去買一杯。」

奶奶搖搖頭。

「見到你我很高興，我的小寶貝。你千萬要健健康康的，人生在世，多去實踐你的夢想。奶奶今天能見到你，也算是圓夢了。」

就算是在夢裡，男子也能感覺到自己慢慢在醒來。都怪自己問現在是不是在做夢，奶奶才會提早消失，所以他十分難過。男子很快地意識完全清醒，最後從睡夢中醒來。

明明醒來好一會了，男子還是不敢睜開眼睛。因爲他怕睜眼的話，就連眼皮底下的殘影也會消逝，所以不想張開眼睛。

從不輕易流淚的男子，淚眼汪汪地醒過來。就這樣蜷縮著嗚咽，哭了許久許久。

年輕的夫婦客人也正在做夢。兩人在夢中見到了先走一步的女兒，夢中的她說話好流利：

「我想跟爸爸媽媽說的話有這麼多，可是那個時候，雖然我很想說，但是我會說的話很少。」

「這樣啊？我的寶貝女兒現在很會說話呢，也更漂亮了。」

「媽媽也漂亮。」

小女兒捧著媽媽的臉，可愛地笑了。

夫妻倆將女兒抱入懷裡。

「讓妳只學會表達不舒服就走了，爸爸媽媽眞的很對不起。」

「才不是呢！我有一百個幸福，只有一個痛痛，還有我現在一個痛痛也沒有了。」

「怎麼能讓妳什麼也沒做過，那麼小年紀就走了。」

孩子的爸爸老是因爲愧疚，傷心地看著孩子。

「哎呀，眞是的，我都說不是了。我只有美好的回憶啊。這裡有朋友，有老師，還有很多老爺爺、老奶奶，都沒有人說活得很開心！但是我就覺得很開心！我很棒吧！」

「是啊，我的寶貝女兒好棒。爸爸也只有美好的回憶。我的寶貝女兒，一定很想念爸爸媽媽，妳一個人不會很難過嗎？」

「我的記憶力很好，所以沒關係。就算沒看到，爸爸媽媽也都在我的頭腦裡面。」

小孩從父母的懷裡掙脫出來。看著父母，用可愛的臉直截了當地說。

「所以我們以後再慢慢見面就好，你們不要想做奇怪的事。」

淚珠盈眶的夫妻倆看到女兒的淘氣模樣，不禁破涕爲笑。

「知道了，慢慢來就好，但是我們一定要再見面喔。」

「嗯，我會在這裡好好玩，保證乖乖待在這裡。」

夫妻倆雖然知道這一切都是夢，但心情還是很激動，彷彿真的見到了女兒。兩人很少碰到像今天這樣知道自己在做夢的情況。

兩人同時從夢裡醒來。此時才凌晨一點，入睡還不到兩個小時。夫妻倆抱著纏住他們的棉被。

完全清醒過來的時候，兩人不發一語，十指相扣，躺了許久。

「達樂古特先生，有多少人是託付完夢境才走的？」

「努力想留下夢境的人非常多，說不定還有專門處理這塊業務的商店。」

「自從在這裡工作之後，天天都有不同的驚喜在等我。每當我覺得再也沒有什麼能嚇倒我的時候，就會發生更令人吃驚的事。」

「是喔？那妳工作起來應該很有幹勁吧。」達樂古特笑了笑。

「就像妳說的，人類很神奇。無論是碰到突如其來的意外，還是長年臥病在床，入睡者好像都會出於本能地感覺到自己的生命正在漸漸逝去。或許在沒有外部環境刺激的狀態下，原始的感覺變得更敏銳了。」

「這麼艱澀的話我聽不太懂。」

佩妮開始在達樂古特的辦公室挑出陳舊的盒子，將夢境放到乾淨的盒子裡。

「雖然我無法完全明白留下這些夢的客人的心情。不過，這些夢境要妥善處理才行，這一點我還是知道的。」

「人們總是想傳達訊息給留下來的人，無論是以何種方式。」

「雖然好像還有點早，但是我突然也想先預備好以後要留的話。」

「這個主意不錯。我的話……應該會留下絕對不要忘記我，或是不要把這間店轉讓給任何人之類的話。」

達樂古特開玩笑地說。

「但是實際見到了客人，我發現大家都不在乎即將離開的自己，一心希望留下來的人會沒事。看來，若是留下心愛之人先離開的話，都會這樣吧。雖然我現在也還不太清楚。」

佩妮看著那些充滿歲月痕跡的盒子，莫名感到鼻酸，於是更用心清掉盒子上的灰塵，擦得一塵不染。

「達樂古特先生。」

「怎麼了嗎？」

「我好喜歡這份工作。」

「我也很喜歡。」

達樂古特直率地回答。

然後，辦公室的門突然被打開。門外站了戴上乳膠手套的邁爾斯、薇瑟阿姨、提著剛買的栗子蛋糕的莫格貝莉，還有被拖過來的史皮杜。

「這麼多東西要整理，應該要叫上我啊。」

邁爾斯一臉可惜地進來。看到還沒整理好的盒子之後，藏不住激動的心情。

「剛才您沒辦法一起享用，所以我又買了一個蛋糕回來。今天的工作差不多都做完了。我們快點整理好，再來一起吃吧？」

莫格貝莉提起蛋糕盒。這段時間她的頭髮變得很長，現在就算綁起來也不太會冒出頭髮細毛。

「要做就快點做完吧。」

急性子的史皮杜已經在搬盒子了。

那天快下班的時候，佩妮正在找展示櫃的空位，要放新做好的眼皮秤。委託廠商訂製後，足足等了兩個月才拿到這個眼皮秤。在爬上梯子之後，還要勉強伸手才能摸到的地方有一個空位。佩妮小心翼翼地擺放眼皮秤，手指掃過形似眼皮的秤砣，刻度嘩啦啦地擺動，隨即停在了「清醒」和「睏倦」之間。沒過多久，從「睏倦」變成了「入睡中」。

佩妮爬下梯子，注視店外，等客人到來。

路過的阿薩姆看到佩妮之後，高興地揮手。正在等待的客人從遠處漸漸往夢境百貨走過來，門很快地被打開來。

「歡迎光臨！」佩妮高興地迎接客人。

「今天還有很多好夢喔！」

後記一
維果・邁爾斯的面試

維果・邁爾斯在達樂古特的面前僵住。雖然達樂古特給了「寧神餅乾」，但是他現在口乾舌燥，根本沒想到要去吃。

「喂，年輕人，你怎麼抖成這樣？沒什麼好緊張的。我們輕鬆地面對面，聊聊天就可以了。」

達樂古特安撫維果・邁爾斯，實在想不出來坐在他面前的這個二十多歲的年輕人為何會如此緊張。

「是因為被大學開除學籍，你才這樣的嗎？你怕面試表現再好，最後還是會被刷下來？」

達樂古特一邊看邁爾斯的求職信，一邊說。

「你以為不管怎樣我都會淘汰入職測驗第一名的應徵者嗎？我本來還覺得問題

出得太難了，沒想到你竟然全部答對。在我開店的這十年以來，你是第一個拿到滿分的人。」

達樂古特稱讚邁爾斯。

「那些問題一點也不難。」

邁爾斯好不容易張口，畏畏縮縮地回答。

「要說出我自己的事才是最難的。」

維果．邁爾斯低著頭，摸摸髒兮兮的指甲。他的打扮很邋遢，一點也不像要來面試的人。反倒像是個連梳洗打扮都提不起勁的人，勉強起身，硬逼自己來到面試場所。

「看來你不想談被學校開除的事情，但是我也沒辦法啊。如果要僱用你的話，我就有義務弄清楚你是不是重大罪犯。」

達樂古特堅決地說。

「我不是壞心的罪犯！」

維果抬起頭來，第一次直視達樂古特。

「我只是不太清楚規定而已……就一次，我就只犯了一次錯而已，真的。」

「那你到底發生了什麼事呢？」

維果動了動嘴唇，欲言又止，簡直快把達樂古特給急死了。

「算了，不用勉強。如果難以啓齒的話，你就放棄這場面試吧。如果放棄不了的話，我也可以親自聯絡你的指導教授。」

「那、那不行。我明白了，我就告訴您吧。」

維果大嘆一口氣。

「唉……那是發生在我準備畢業作品的時候。」

他開始娓娓道來。

「維果！你找到做畢業作品的合作夥伴了嗎？」

路過的大四同學問。

「嗯，好不容易有個人答應了。」

大四生必須親自和「眞正的客人」見面，進行諮詢，爲客人製作夢境再繳交上呈當作畢業作品。

過去一個月以來，維果每天站在「達樂古特夢境百貨」前面，隨便抓住走進百貨的客人，苦苦哀求問對方：「請問您可以當我的畢業作品合作夥伴嗎？」但是大家都露出「搞什麼」的表情，直接路過，不予理會。

正好滿一個月的那天，有一個和維果年齡相仿的女子走近。她穿著寬鬆的米白色睡衣套裝。

「要不我來吧？讓我當你的畢業作品合作夥伴。」

「妳真的願意嗎？太感謝了！」

「我看你整個月都在這裡找人幫忙。雖然不知道你想做什麼，但是努力不懈的樣子，實在精神可嘉啊。」

那句話聽起來十分怪異。她記得這一個月以來在這裡發生的事？一個外來者？客人不記得入睡時在這裡發生的事，那才正常啊。

「妳怎麼……？」

「你會替我保密吧？」

女子環視四周，對維果低語。

「我是清醒夢者，而且還很厲害。」

維果嚇了一跳。

「妳是說，妳有辦法做清醒夢，隨心所欲地來這裡？我第一次碰到這種情況。」

「只要我入睡，無論是哪裡，我都能去。而且在這裡發生的事情我全部都記得。厲害吧？好啦，我要怎樣才能幫到你的畢業作品呢？」

兩人藉著準備畢業作品的名義，天天在特定的時間點，到夢境百貨附近的咖啡廳見面。兩人聊著關於清醒夢的事或各自生活的地方，時間不知不覺就過去了。

而且，顯然就發生了維果喜歡上那個女客人的情況。

「我想邀妳參加畢業作品發表會。妳一定要來看看我爲妳製作的夢。發表會有很多人會來，所以要麻煩妳當天穿便服入睡。只要妳穿著便服來看發表會，就不會被發現了。」

然而，如同這種故事會出現的老掉牙結局。到了發表會當天，女子始終沒有出現。此後，維果再也沒有見過她。

「結果我在她沒有出席的情況下，開始發表作品。但是發生了某個問題……」

維果接著說後面的故事。

「這是爲什麼呢？」

「因爲我製作了出現我自己的夢。」

維果低下頭。

「噢，你這個傻孩子……」達樂古特嘆息。

「那可不行啊。我們不能在客人的夢裡出現，打擾到他們的生活。如果對方是清醒夢者的話，更加不行。這種念頭很危險。」

「我當時眞的不知道，就只是個書呆子。上學的時候，我眞的不知道有那種規定。我哪會知道？誰想得到我眞的會遇到清醒夢者！」

維果滿臉的委屈。

「然後……後面的事情不用我說您也知道……教授看到我的畢業作品之後勃然大怒，開了懲戒委員會……雖然我如實相告，還是被開除學籍了。而且還在協會那留下了紀錄，所以淪落到不能當製夢師的慘況……這一切都是我自己搞砸的……」

達樂古特擔憂地看心力交瘁、窮途潦倒的維果。

「在這裡工作的話，或許可以再見到那個女客人，所以你才來應徵的嗎？因為你們兩個初次見面的地方就在我的店門口？」

達樂古特輕易識破自己的想法，維果這下連辯解的欲望都沒有了。

「對，但那不是唯一的理由！我很喜歡夢。雖然淪落至此，但我還是想做跟夢境有關的工作。要是連這都不行的話，我真的……再也沒有理由活下去了。」

「不行！我看你還戀戀不捨，這絕對不行。」

達樂古特一臉堅決。

「我知道我很傻，也知道我這樣是沒辦法和她在一起的。雖然她可以來這裡看我，但我卻無論如何都不能去她生活的地方。所以我才會想在發表會上向她證明，我能透過自己製作的夢去見她……」

「如果對客人有意思的話，那就麻煩了。有太多的年輕製夢師變成『夢中的男子』或『夢中的女子』和客人談情說愛，結果自毀前程。那些人最後會發現自己對對方來說永遠都不可能是真實存在的人，因此痛苦不堪，重度憂鬱。而且下場總是……」

「我不會再像當初那般貪心了。我會在這裡安分地等她出現！拜託……」

「你想過她為什麼不再來這裡嗎？她有可能突然沒辦法再做清醒夢，或是生活上碰到了問題。也許你一輩子也等不到她。」

達樂古特氣悶地說。

「沒關係。無論是十年，還是二十年，在這裡工作的話，總能遇到一次。我很想跟她說，我會一直待在這裡，讓她無論何時來這裡都能見到我。」

辦公室鴉雀無聲，過了很久。

達樂古特皺眉，來回看著維果和他的求職信。過了好一會才開口說：「我會幫你保密。」

「嗯？」

「雖然你被開除學籍的事早就傳開來了，但是開除理由你絕對不能跟任何人說。」

「沒……沒問題！」

「不過，我真沒想到一個大四生能製作出自己出現的夢……你果然不簡單。

好，我們就一起工作看看吧。你可以出去了，我還要面試下一個應徵者……」

「達樂古特先生，眞的……太感謝您了！」

維果・邁爾斯彎著腰從位置上站起來，連連鞠躬，退到門口。

「還有一件事，從明天起，上班的時候你要保持身體整潔乾淨，服裝要穿著得體。」

達樂古特看到他蓬頭垢面的模樣，又補了一句：「誰曉得你何時會遇到那個人？」

維果的臉上此時才露出燦爛笑容。

「是！我會打扮得乾淨俐落。無論是打掃，還是洗衣服，還有……店鋪我也會全部打掃乾淨的！全部都交給我！眞的太感謝您了！謝謝！」

後記二
史皮杜完美的一天

「佩妮！一起走啊！」

佩妮用力前後甩著手提包，充滿活力地要去上班，結果被莫格貝莉叫住。她雙手各拿著一份雞蛋三明治，氣喘吁吁地說：

「我從很遠的地方就開始叫妳了，妳沒聽到嗎？」

莫格貝莉遞上鋪滿碎蛋的三明治。

「拿去，妳今天又沒吃早餐了吧？一個給妳吃。」

「哎呀，莫格貝莉樓管，抱歉。因爲我正在思考今天下班後要做什麼，所以才沒聽到。」

莫格貝莉給的三明治散發出香噴噴的蛋黃味和清爽的胡椒味，令人心情愉悅，食指大動。

「這是妳親手做的嗎？」

「上班的時候想下班的事，原來大家都一樣嘛。這是我姊姊做的，她和我不一樣，很會料理。」

莫格貝莉咬下一大口三明治，回答佩妮。

「我家正在裝修，所以我暫時住在姊姊家。以後在上班的路上，我們會很常遇到，請多多指教啦。」

莫格貝莉那張今天看起來格外稚嫩的可愛臉龐露出了笑容。

快吃完三明治的時候，兩人來到了夢境百貨對面銀行前的斑馬線旁邊。

「是說，犯人還沒抓到嗎？」

等紅綠燈的時候，莫格貝莉小心翼翼地詢問佩妮。

「嗯？什麼犯人？」

「就是妳工作還不到一個月的時候，不是替薇瑟阿姨去銀行寄放兩瓶『心動』，結果有一瓶被偷走？」

莫格貝莉指指背後的銀行大樓。

「原來妳知道這件事？」

「我當然知道呀！店裡發生的事情，不管怎樣都會傳開來。再加上我們樓管要管理各季度的銷售，所以我當然會知道那種特殊事件啊。」

「妳這麼說也對。原來大家只是默默睜一隻眼，閉一隻眼，我還以為只有達樂古特先生和薇瑟阿姨知道。」

佩妮莫名覺得雙頰發燙。

「史皮杜不知道，我敷衍過去了。按照那傢伙的個性，要是被他知道的話，還不知道會怎麼欺負妳！他自己還不是因為個性急躁，當新人的時候什麼錯都犯過，結果還對別人那麼尖酸刻薄。」

莫格貝莉搖搖頭。

「真的很謝謝妳。直到現在，史皮杜先生還是會斥責我，不是罵我怎麼那麼健忘，就是說我犯錯還領薪水不會覺得對不起這間店嗎？」

「妳別理他。如果他在新人時期犯的錯也都要扣薪水補償的話，那他現在能領的月薪只剩一半吧。」

莫格貝莉拍拍佩妮的背。

「那個犯人應該是銷聲匿跡了吧？都過去一年了，還沒抓到人……」

佩妮穿越斑馬線，回頭看了一眼銀行，長聲嘆氣。

「就算是現在才抓到，我也會覺得大快人心。運氣好的話，說不定還可以找回那瓶弄丟的『心動』。」

「就是說啊。那對我們商店應該也大有幫助。因爲通常很難收到『心動』當作夢境費……那種人通常都是集體行動吧？那幫人現在應該還是到處用類似的手法在做壞事。」

「但是我覺得他們應該不會再用同一招了。」

「誰知道呢？說不定那些人遠在天邊，近在眼前。妳怎麼知道他們不會趁我們放鬆警惕的時候又出現？隨時都要密切留意。」

莫格貝莉斬釘截鐵地說。

店門口熱鬧非凡，擠滿了人，剛來上班的員工、上完夜班準備開心下班的員工，以及一大早來訪的客人。其中某個高眺的員工穿著露出一大片膝蓋的牛仔褲，高興地朝兩人揮手。

「莫格貝莉，妳快點進去看看。史皮杜一大早就吵著問妳什麼時候來。」

「史皮杜？他今天不是請假嗎？」

「我也這麼以爲，但是他來上班了。那我先下班啦，辛苦了！」

「是我弄錯了嗎？」

莫格貝莉將頭髮綁得很緊的頭歪向一邊。

「莫格貝莉！妳怎麼現在才來？害我等了好久，有三分鐘那麼久！四樓進的貨我全部都整理好了，今天的預約客人的東西也先拿出來放到一樓的大廳了，所以妳下班之前再幫我確認清單就好。還有，佩妮，妳來得剛好。四樓D排十七號柱子前面那塊地磚裂開了，所以我請了隔壁村莊的修繕工來修！費用就記在店裡修繕費項目上，記得要收據。地磚再貴，五十錫爾應該也夠了。所以如果妳覺得貴得很離譜的話，一定要打電話給我，知道了嗎？」

佩妮和莫格貝莉的外套還來不及脫下，就忙著抄下史皮杜像機關槍一樣說出來的話。

「你說慢一點啦。我剛才吃的三明治好像都要吐出來了。」莫格貝莉擺出作嘔的表情。

「雖然今天休假，但我還是凌晨就過來完成我的工作了。我現在一分鐘都不能隨便浪費。」

史皮杜自認今天一整天的行程十分完美。他之所以突然在平日請假，是因為平日裡不浪費一分一秒，盡可能完成更多工作帶來的快感，比週末感受到的強烈得多。

史皮杜哼著曲子，拿出寫滿今日行程的手冊，又重新確認了一遍路線。上午計畫先去銀行開新的儲蓄帳戶，因為他聽說銀行推出了高利息的新儲蓄商品。歷經幾次的失敗，史皮杜發現對於高風險的理財投資，自己一點天分也沒有。銀行的事辦完之後，要去買十點整烤好出爐的柯克斯・巴理耶的紅豆麵包。接下來要去搶十點二十分開始的蔬菜店限時特賣。接著準時抵達十一點開店的天婦羅蓋飯專賣店，這樣就能早點吃午餐，不用排隊。

「在我的人生當中，絕不能發生排隊等用餐的事，就算再好吃也一樣。唔，可不是嗎？」

史皮杜一邊穿越百貨前面的斑馬線，一邊自言自語。史皮杜看了看一塵不染的銀行大門的另一邊，大受打擊，雙手摀嘴。

「噢，我的天啊……」

根據他這幾年來觀察到的數據，平日早上九點十分的銀行櫃檯等待人數平均是五人，但是今天卻有十一人之多。

「不行，萬萬不行。這樣等我辦好儲蓄帳戶，十點都過去了。」

一時陷入絕望的史皮杜猛然想起一個好主意。他趴到地上拚命尋找掉在地上的號碼牌，連身上那件白色連身褲的縫合線脫落了都不知道，屁股翹得高高的，就連飲水機底下的地板也仔仔細細翻了一遍。結果，他很幸運地找到等候順序在五人之內的號碼牌。在地板上爬來爬去之後，史皮杜得意洋洋地坐到等候席上，雖然周圍的人都在偷瞄史皮杜，但是他完全沒放在心上。

「很好，這樣我就能有驚無險地趕上時間了。」

但是從剛剛史皮杜就覺得有個男子很礙眼。那個西裝筆挺的男子正目光隨和、笑眯眯地跟看起來歲數很大的老人說話。

「他該不會是……」

雖然因爲距離有點遠，聽不到那個男子說了什麼，但是史皮杜還是可以猜到那個人一定和自己一樣，想快點辦完銀行的事，所以正在糾纏看起來心地善良的老人把號碼牌讓給他。

「卑鄙的傢伙……厚臉皮地博取老人的同情心。」

史皮杜快速掃了一圈手上的號碼牌和各窗口的電子看板叫號的號碼。今天大家要辦的業務一個個都拖了好久。如果那個不要臉的傢伙拿到的號碼牌比史皮杜前面的話，他可能就得放棄柯克斯．巴理耶的紅豆麵包了。他們家的紅豆麵包以一出爐就賣光而聞名。一想到慢一步的話，計畫可能會被打亂，史皮杜突然呼吸急促。

他嚴肅地從位置上站起來，彷彿鐵了心要做什麼。接著走向在飲水機旁打盹，上了歲數的駐衛警察。

「老伯、老伯！那邊的那個人，您看到了吧？他從剛才行為舉止就很可疑。」

駐衛警察眨眨眼，慢慢地上下打量史皮杜。

「怎麼個可疑法？」

他似乎覺得史皮杜更可疑。

「他專挑老人搭話！噢……就是……沒錯！就是金融詐騙？詐騙電話之類的！」

史皮杜隨便敷衍過去。

「你說的是真的嗎？」

「當然是真的。您最好快點把他趕出去，愈快愈好。」

「喂，那邊的！」

沒想到駐衛警察一對可疑男子大喊，他就像作賊心虛的人一樣慌張退後。

「保全！保全！」

銀行保全合力制伏該名男子，引起一陣騷動，但是史皮杜一點也不在意，一臉得意地坐在空窗口前面。

「聽說你們有年利率百分之三的儲蓄商品，這個應該能馬上辦好吧？」

接下來的一天近乎完美。史皮杜買到了剛出爐的紅豆麵包，十個一組。然後在特賣時段僅花五十錫爾就買到了一箱胡蘿蔔。配合開店時間前往的知名天婦羅蓋飯專賣店，餐點味道雖然比想像中的普通，但是用餐的時候看到店外逐漸變長的排隊人龍，讓他覺得很開心。

調整好腳踏車的輪胎胎壓後，騎車取回乾洗衣服。完成所有事情回到家的史皮杜一屁股坐到沙發上，打開電視。

「連續劇十點開播，還有一點時間啊。」

因爲一整天下來的滿足感和疲勞感，史皮杜放鬆下來後渾身疲憊。

「小睡一下好了。」

史皮杜就這樣坐在沙發上入睡。

剛才打開的電視正在播放晚間新聞。

「本日最後一則新聞。警方傳來好消息，主要在商業街活動的扒竊犯罪組織落網了。該組織的犯案對象主要爲，在銀行或公家機關等候辦理業務的老人，或是看起來像初次前往該機構辦事的市民。罪犯僞裝成工作人員接近受害者，趁其鬆懈之際偷走錢財後立刻逃跑……經由當時在銀行的某位市民舉報，加入組織初次犯案的該名罪犯遭當場逮捕……被嚇到的犯人供出組織的大本營與組織成員資訊，爲快速破獲組織提供了很大的幫助。警方在大本營搜出多個高價夢境，其中包含一瓶『心動』。警方表示沒收的財物將在確認後歸還給遭竊者。另一方面，據說最早向駐衛警察舉報的勇敢市民在辦完個人業務後便消失了，沒有留下姓名。警方預計頒發破案獎金給市民，正在收看這則報導的舉報者請盡快與最近的警察署聯絡……」

就在此時，史皮杜抖了一下醒過來，看看手錶，快要十點五分了。史皮杜迅速拿起遙控器切換頻道，幸好連續劇還沒開始，還在播廣告。史皮杜完美地按照計畫消化了這一整天的行程，臉上堆滿笑容，喃喃自語。

「眞是完美的一天。」

Eurasian Publishing Group 圓神出版事業機構 寂寞出版社 Solo Press

www.booklife.com.tw reader@mail.eurasian.com.tw

Soul 041

歡迎光臨夢境百貨：您所訂購的夢已銷售一空

作　　者／李美芮（이미예）
譯　　者／林芳如
發 行 人／簡志忠
出 版 者／寂寞出版社股份有限公司
地　　址／臺北市南京東路四段 50 號 6 樓之 1
電　　話／（02）2579-6600．2579-8800．2570-3939
傳　　真／（02）2579-0338．2577-3220．2570-3636
總 編 輯／陳秋月
資深主編／李宛蓁
責任編輯／朱玉立
校　　對／李宛蓁．朱玉立
美術編輯／金益健
行銷企畫／陳禹伶．鄭曉薇
印務統籌／劉鳳剛．高榮祥
監　　印／高榮祥
排　　版／莊寶鈴
經 銷 商／叩應股份有限公司
郵撥帳號／ 18707239
法律顧問／圓神出版事業機構法律顧問　蕭雄淋律師
印　　刷／祥峯印刷廠
2021 年 8 月　初版
2024 年 7 月　53 刷

달러구트 꿈 백화점 주문하신 꿈은 매진입니다
(DALLERGUT DREAM DEPARTMENT STORE
: THE DREAM YOU ORDERED IS SOLD OUT)
by Lee Miye

Original Korean edition published by Sam & Parkers Co., Ltd.
Traditional Chinese character edition is published
by arrangement with Sam & Parkers Co., Ltd.
through BC Agency, Seoul & Japan Creative Agency, Tokyo

Traditional Chinese character edition is published by Solo Press,
an imprint of Eurasian Publishing Group

定價 430 元　ISBN 978-986-99244-6-7

◎本書如有缺頁、破損、裝訂錯誤，請寄回本公司調換　Printed in Taiwan

你對這樣的故事有信心，期待有一天能成爲其中的一部分 。

——《S.》

國家圖書館出版品預行編目資料

歡迎光臨夢境百貨：您所訂購的夢已銷售一空 / 李美芮著；林芳如譯. -- 初版. -- 臺北市：寂寞出版社股份有限公司, 2021.08
336 面；14.8×20.8 公分（Soul；41）
譯自：달러구트 꿈 백화점 : 주문하신 꿈은 매진입니다
ISBN 978-986-99244-6-7（平裝）

862.57　　110009003